COMÉDIES

DE PARAVENT

PAR

HENRY GRÉVILLE

PARIS

LIBRAIRIE PLON

E. PLON, NOURRIT et Cie, IMPRIMEURS-ÉDITEURS

RUE GARANCIÈRE, 10

—

Tous droits réservés

DU MÊME AUTEUR, A LA MÊME LIBRAIRIE :

COMÉDIES DE PARAVENT

PARIS. TYP. DE E. PLON, NOURRIT ET Cie, RUE GARANCIÈRE, 8.

COMÉDIES

DE PARAVENT

PAR

HENRY GRÉVILLE

PARIS

LIBRAIRIE PLON

E. PLON, NOURRIT et Cie, IMPRIMEURS-ÉDITEURS

RUE GARANCIÈRE, 10

—

1888

PRÉFACE

———

A cette heure d'indiscrétions personnelles, où
ce qui intéresse le plus particulièrement le public est ce qui ne le regarde pas, — je crois
pouvoir écarter un tant soit peu les feuilles du
paravent japonais qui remplace aujourd'hui le
mur de la vie privée, — et me présenter à mon
lecteur pour lui parler de moi.

Ami lecteur, je puis vous nommer mon ami,
car vous m'êtes fidèle depuis tantôt douze ans,
et nous avons toujours été, je l'espère, parfaitement heureux ensemble. Vous n'êtes pas, mon
ami lecteur, une connaissance de rencontre,
comme celles qu'on faisait autrefois dans les

a

omnibus; — je dis autrefois, car, à présent, on est devenu tellement comme il faut, qu'on ne se demande même plus pardon quand on marche sur les pieds les uns des autres, à moins qu'on n'ait été présenté.

Non, ami lecteur, nous ne sommes pas de simples connaissances : si vous lisez ceci, c'est parce que vous avez lu autre chose. Les bouquinistes, sur les quais, m'ont confié qu'ils ont rarement affaire à mes volumes, parce que vous les conservez, ami lecteur, après les avoir lus. Vous les mettez sur une planche spéciale dans votre bibliothèque, et tout en trouvant peut-être que le nombre s'en accroît beaucoup, par une contradiction en définitive toute naturelle, quand je suis quelque temps sans vous en présenter un nouveau, vous trouvez que je me dérange.

C'est pourquoi je vous offre aujourd'hui quelques petites pièces pas méchantes que vous voudrez peut-être jouer en famille ou avec vos amis, sans frais ni décors; en même temps, j'ai voulu vous raconter en peu de mots comment il arrive qu'un romancier fasse des pièces en un acte. J'ai dû pour cela vous parler de moi, — le moins possible; si cela vous ennuie, nous ne recommencerons pas, et si cela vous amuse...

vous m'aurez pardonné l'usage du moi haïssable,
dont j'espère n'avoir pas trop abusé.

A LA CAMPÁGNE

C'était en 1874; j'avais un gros bagage de
pièces en trois, quatre et cinq actes, en prose et
en vers, — et pas mal de romans en portefeuille.
mais je n'avais encore pu ni faire imprimer une
ligne ni faire représenter le moindre alexandrin.
Le théâtre de la Tour d'Auvergne rouvrait ses
portes avec une direction toute neuve, des artistes frais engagés, des peintures rafraîchies
et des intentions absolument littéraires. Je ne
me rappelle plus par suite de quelles circonstances je fus priée de faire un prologue en vers
pour cette petite fête. Un prologue en vers, dé-
clamé devant la critique parisienne! Le cœur
me battait bien fort : je fis mon pr 'ogue, qui
obtint quelque succès; M. de Banville voulut
bien en reproduire quelques vers dans un feuil-
leton du lundi suivant, et la direction, enthou-

siasmée, tout en refusant avec fermeté de me
jouer une pièce de quelque importance, me
demanda un acte en prose. J'écrivis *A la campagne*,
je le fis copier et le remis dans les mains du directeur.

Je m'étonnais de ne pas avoir encore reçu de
bulletin de répétitions, lorsqu'un jour, vers
deux heures de l'après-midi, je reçus une lettre.
On m'envoyait tout un service, loge, fauteuils
d'orchestre et de balcon, pour la première représentation, qui devait avoir lieu le soir même.

M. Durand-Gréville courut au théâtre... on
avait oublié de me prévenir, tout simplement !
Je ferai quelque jour un monologue avec l'état
d'esprit d'un auteur auquel arrive pareille
aventure ! Mais est-ce jamais arrivé à d'autres?

Malgré mes dispositions naturelles à me méfier
de l'idée si répandue et au fond flatteuse : ces
choses-là n'arrivent qu'à moi ! — je ne puis m'i-
maginer qu'il y ait beaucoup d'auteurs qu'on
ait oublié d'inviter à suivre les répétitions de leur
pièce.

On donnait *A la campagne* le soir même, ce
n'était que trop positif, — et l'on avait aussi oublié d'inviter la critique ; — mais tout se passait
en famille à la Tour d'Auvergne ! N'avait-on pas

invité la critique à l'ouverture, trois semaines plus tôt? Cela devait suffire pour toute l'année.

Cependant, nous allâmes au théâtre vers huit heures et demie, pensant arriver à la fin du lever de rideau des jours précédents. Nous nous asseyons dans notre loge : on jouait une pièce.

Ce n'était pas le décor du lever de rideau que je connaissais.

— Mais, me dit M. Durand-Gréville, en tournant vers moi son visage consterné, c'est *A la campagne* que l'on joue !

— Pas possible ! répondis-je.

Je n'avais pas achevé cette courte phrase que le rideau tombait sur mon dénoûment, au milieu des applaudissements. Ma pièce toute neuve avait été donnée en lever de rideau, et le lever de rideau de la veille devenait pièce de résistance !

Je n'ai jamais voulu revoir *A la campagne*, mais ce malheureux acte a dû avoir beaucoup de succès, car il m'a rapporté soixante-neuf francs et des centimes ; cela signifie, à la Tour d'Auvergne, un nombre incalculable de représentations, peut-être cinquante ou soixante... cela ne m'a pas consolée !

Pour réparer un peu son étourderie, le direc-

a.

teur du théâtre, ravi d'ailleurs de mon succès, me signa spontanément le lendemain un traité pour une pièce comique, en trois actes... Je l'ai encore, — ce traité.

Du reste, le théâtre en a été bien puni; six mois après, on l'a démoli; on a construit à la place une maison de rapport, avec un marchand de vin au rez-de-chaussée. *Sic transit gloria mundi.*

CASSANDRE PENDU

Cassandre pendu n'est pas le produit inutile de quelque hallucination artistique; *Cassandre pendu* est un refusé du concours Crescent en 1874. Il serait curieux de savoir ce que sont devenus les poëmes faits en vue de ce concours.

Quelques-uns ont eu la bonne fortune de rencontrer des musiciens de talent; mais les autres?

C'est pourquoi je livre *Cassandre* aux méditations des jeunes gens à l'âme musicale, à qui des circonstances variées, mais également adverses, interdisent la pratique des partitions à grand

orchestre. J'ai toujours rêvé *Cassandre* accompa-
gné par un piano, une clarinette, un triangle, une
guitare et un violon. Si j'en avais eu le temps,
j'aurais écrit sur ce poëme innocent une parti-
tion falote, la seule qui lui convienne. Puisse un
plus heureux réaliser mon rêve !

MA TANTE

Ma tante était appelée à de hautes destinées.
Adolphe Dupuis, alors à Saint-Pétersbourg en
même temps que moi, m'avait demandé un acte
à deux personnages pour le jouer avec madame
Pasca, au palais Anitchkof, chez le grand-duc
héritier, actuellement l'empereur Alexandre III.
J'écrivis *Ma tante*, qui fut agréée ; mais un deuil de
cour empêcha la représentation d'avoir lieu au
temps fixé ; ensuite, madame Pasca avait quitté
Pétersbourg... Bref, ma pièce n'eut pas l'honneur
promis, d'être représentée devant des têtes couronnées.

En 1877, M. le comte d'Haussonville vint me

a..

voir, et me demanda cet opuscule, pour le faire
figurer dans une grande solennité au bénéfice des
Alsaciens-Lorrains à la salle Ventadour. Ce n'é-
tait plus devant des têtes couronnées qu'il s'agis-
sait d'être représenté, mais les acteurs devaient
être mademoiselle Croisette et MM. Delaunay.ou
Febvre. C'était pour moi un honneur différent,—
pas moindre,—et j'acceptai avec reconnaissance.
Nous partions en ce moment pour faire un petit
voyage en Russie, et je remis ma pièce avec ses
intérêts aux soins de M. le comte d'Haussonville.
Le programme fut dressé, imprimé, distribué,
—j'en possède un exemplaire, devenu une sorte
de curiosité, — et finalement, pour des raisons
que je n'ai jamais connues, la fête n'eut pas lieu;
les Alsaciens-Lorrains n'y perdirent rien, car on
trouva quelque autre moyen de leur venir en
aide, mais ma pièce n'eut pas le bonheur de se
voir interpréter par des artistes de la Comédie
française. Qui sait ce qui fût arrivé, si alors
ma prose eût passé par ces lèvres autorisées?
Quels excellents conseils n'eussé-je pas reçus!
Mais il paraît que tel n'était pas mon destin.

L'OISEAU

L'*Oiseau* a été fait pour une représentation unique, une matinée au théâtre du Vaudeville, en 1875. Cette petite pièce n'a été donnée qu'une fois, en effet, mais c'est elle qui a fait connaître à son auteur l'impression singulière et délicieuse des applaudissements éclatant à l'improviste, au milieu du dialogue. Les pièces avec trois rôles de femme seulement sont assez rares; celle-ci n'est pas difficile à jouer. Le rôle de la princesse Méryem comporte au choix un costume moderne, ou les vêtements de gaze brodée et de soie éclatante des femmes de l'Orient.

LES CLOCHES CASSÉES

Les *Cloches cassées* virent le jour dans des circonstances assez originales. A l'instigation du directeur d'alors, j'avais présenté au théâtre de l'Odéon une pièce en cinq actes, tirée de mon roman *Suzanne Normis*. Cette pièce me fut rendue avec des compliments fort aimables, et la demande d'un acte en prose, pour la remplacer.

Comme j'avais eu déjà le temps d'approfondir la vanité des engagements de ce genre, je ne songeai pas une minute à écrire la pièce demandée, convaincue qu'une fois écrite, elle ne serait pas plus représentée que l'autre. Trois mois après, cependant, le repos de notre villégiature à Gréville fut troublé par l'arrivée d'une lettre émanant du secrétariat de l'Odéon. M. Duquesnel me faisait demander immédiatement le manuscrit de la pièce que je lui avais promise, afin de la mettre en répétition.

C'était donc sérieux? Cela en avait tout l'air. Immédiatement? Mais il n'y en avait pas une ligne d'écrite, et j'avais une migraine des plus intenses.

Tant pis, me dis-je : et puis, je connais les usages, — ma pièce fût-elle un chef-d'œuvre, elle n'en serait pas jouée davantage, j'y renonce. N'y pensons plus.

Pendant le déjeuner, auquel j'assistais sans y participer, M. Durand-Gréville me demanda, avec une nuance de regret, si je n'avais pas pensé à quelque sujet pour cette pièce, qui n'était pas faite.

Si fait, j'y avais pensé, mais écrire! avec cette cruelle névralgie, et sans avoir seulement déjeuné! Cependant, avec de bonnes paroles et des encouragements judicieux, on parvient parfois à convaincre même une névralgisante : je me mis à écrire, me couvrant l'œil d'une main; — par bonheur c'était l'œil gauche; — mon mari copiait les feuillets au fur et à mesure. Après deux ou trois heures de ce travail, je déclarai que j'avais trop mal à la tête, et que j'y renonçais. Je me jetai sur le lit, essayant sinon de dormir, au moins d'engourdir mon mal : tout à coup, un rire étouffé me fit retourner. Qu'y avait-il?— C'est que c'est si drôle! dit mon mari par manière d'excuse, en continuant de copier.

Cette flatterie délicate me rendit la vie, et je terminai le petit acte, sans trop savoir ce que j'écrivais, après quoi, je fus me coucher et je restai malade trois jours.

A ma grande stupéfaction, avant la fin de la semaine nous avions appris que les *Cloches cassées* étaient reçues et seraient représentées en novembre. J'en fus absolument consternée. Jouée à l'Odéon, une pièce écrite avec un œil seulement, pas relue, à peine pensée! Il me faudrait les deux yeux du directeur pour la revoir et la rendre digne du second Théâtre-Français.

Enfin, j'avais d'abord à voir cet homme bienfaisant, de qui j'attendais les leçons de l'expérience, et puis, j'aurais les répétitions...

Convoquée pour la lecture aux artistes, le 11 novembre 1877, je me préparais à subir toute espèce de mortifications, — et je les acceptais d'avance avec l'humilité d'une débutante désireuse d'apprendre son métier...

— C'est très-bien comme cela, me dit M. Duquesnel avec une extrême bonne grâce : il y a là seulement un mot inutile, voyez vous-même.

Le mot était inutile, un coup de crayon l'enleva. La lecture se fit au milieu d'une bienveillance universelle.

— Pourtant, me disais-je, il y aurait bien des petites choses à reprendre, à corriger, à perfectionner... Nous arrangerons cela aux répétitions.

Quatre heures après, je me cassai la jambe en deux endroits, dans l'escalier de la petite maison que nous habitions alors, au fond d'un jardin... Ingrat escalier, où j'avais posé moi-même le tapis, avec tant de soin, pour éviter des accidents aux autres!

Les répétitions n'en suivirent pas moins leur cours, et la représentation eut lieu sans moi. Tout cela le plus agréablement du monde; mais je n'acquis rien de cette expérience que donne la scène, et ma pièce resta l'embryon qu'elle était.

Je fus quatre mois sans sortir; au bout de ce temps ma bluette avait, on le pense bien, disparu de l'affiche, de sorte que je n'ai jamais vu les *Cloches cassées*.

Bien que *Pierrot ermite* ne figure point dans ce petit volume, ayant été imprimé à part il y a onze ans, je ne puis le passer sous silence dans cette nomenclature, car de toutes mes pièces en un acte, c'est elle qui m'a donné le plus de plaisir. Faire des vers est une joie en soi; les faire à loisir, en suivant le rhythme qui se chante en dedans de vous-même, y mettre toute la fantaisie que comporte la comédie italienne, traduite en mœurs bien françaises, — c'est imiter M. de Banville, me dira-t-on!

Imiter, non, car il est inimitable, étant tellement lui-même que le plagiat est impossible; mais c'est, grâce à la voie qu'il a ouverte, suivre un chemin bien amusant, où l'on ne rencontre que des fleurs, — à l'inverse des autres chemins de la vie.

J'ai donc écrit *Pierrot ermite* avec un plaisir sans mélange. A peine était-il terminé que M. Ballande annonçait l'ouverture du troisième Théâtre-Français. Ma petite pièce aussitôt présentée fut reçue, puis jouée devant un public chaleureux et sympathique. C'est un des plus aimables souvenirs de ma carrière, et je compte bien vivre assez pour me donner l'occasion de le renouveler, s'il est possible. *Pierrot ermite,* quoique dans une note un peu plus vive, n'est pas plus difficile à représenter entre soi que les pièces de ce volume.

Voilà l'histoire de ces petites pièces, — celles du moins qui ont une histoire; elle n'est pas très-encourageante, mais il n'est pas nécessaire d'encourager à faire du théâtre les gens qui ont l'épiderme sensible. Faire des pièces est une innocente manie : vouloir les faire jouer est peut-être une faiblesse. Si l'on était parfait, et surtout très-logique, on ne ferait pas de pièces; mais alors, comment jouerait-on la comédie de société?

Jouez donc mes pièces, amis lecteurs, soyez à

la fois mes acteurs et mon public, ce cher public dont je n'ai jamais eu qu'à me louer et que
j'aime comme il m'aime.

Surtout, n'allez pas vous imaginer que je sois
dégoutée du théâtre et que j'y renonce; au contraire, sans préjudice de tous les romans que
j'ai encore à vous conter, c'est là que je vous
dis : Au revoir.

Henry GRÉVILLE.

Paris, 29 mars 1888.

A LA CAMPAGNE

REPRÉSENTÉ

AU THÉATRE DE LA TOUR D'AUVERGNE

EN SEPTEMBRE 1874

1

PERSONNAGES :

PLUMASSARD.
CHARLES.

Madame PLUMASSARD.
LOUISE.

A LA CAMPAGNE

Un jardin : Le perron de la maison à droite; au premier plan, une cage à poules, avec une poule blanche, une corde avec du menu linge étendu pour sécher; au fond, une muraille couverte de lierre; à gauche, un parterre très-nu et découvert; peu de profondeur à la scène.

SCÈNE PREMIÈRE

PLUMASSARD, *le dos tourné, rattache au mur des branches de lierre,* MADAME PLUMASSARD *descend vivement le perron et lui tire les oreilles à deux mains.*

PLUMASSARD, *chantant, le jonc entre les dents.*

> Voyez là-haut, cette pauvre fenêtre
> Où du prin...

Aïe, tu as la main vigoureuse, madame Plumassard!

MADAME PLUMASSARD.

Je t'y prends encore à travailler au jardin! Veux-tu bien laisser ça!

PLUMASSARD.

Puisque ça m'amuse!

MADAME PLUMASSARD.

Si ça n'amusait que toi! Mais c'est que ça amuse aussi les voisins. Des gens à leur aise comme nous, faire du jardinage! Ils disent que c'est par avarice.

PLUMASSARD.

Qui est-ce qui dit ça? Caroline, qui te rapporte les cancans?

MADAME PLUMASSARD.

Mais oui. C'est Caroline... on n'oserait pas me le dire, mais on le dit à la cuisinière.

PLUMASSARD.

Oui! j'ai souvent envie de lui mettre un bâillon, à la cuisinière!

MADAME PLUMASSARD.

Vois-tu, au bout du compte, il vaut mieux savoir ce qui se dit sur nous que de l'ignorer; ils ont des langues, les voisins! pour ça!... Et dire qu'il y en a partout, à droite, à gauche, en face...

PLUMASSARD, *regardant en l'air.*

Il n'y a qu'en haut qu'il n'y en a pas! C'est tout de même dommage que tu ne me laisses pas jardiner un peu; — je n'ai pas oublié que je suis fils d'un pépiniériste, moi; j'aurais bien aimé tailler les rosiers, là-bas, au fond du jardin... Cet animal d'Antoine en a déjà massacré deux; il s'y connaît comme une pantoufle!

MADAME PLUMASSARD.

Voyons, Plumassard, pour deux rosiers!... Dieu, que tu as chaud! aussi, cette idée de rester au soleil!... Viens t'asseoir à l'ombre.

PLUMASSARD, *riant.*

Oui, à l'ombre de la maison, puisqu'il n'y en a pas d'autre. Quand le soleil tourne, on prend sa chaise et on tourne... le coin! Joli pays pour l'ombre!

MADAME PLUMASSARD.

Attends un peu; nous en aurons, puisque nous avons planté des cerisiers.

PLUMASSARD, *montrant la hauteur de la main.*

Qui sont hauts comme ça pour le moment. Et puis, ça donne de l'ombre, les cerisiers!

MADAME PLUMASSARD.

Eh bien, nous planterons aussi des abricotiers, là! Viens t'asseoir sur le banc. (*Elle s'arrête et regarde une fleur.*)

PLUMASSARD *s'assied et se relève précipitamment, les vêtements et les mains tachés de vert.*

Oh! le banc! J'avais oublié qu'on l'a repeint hier soir! On vous vend des maisons neuves, il faut y faire refaire le toit, les parquets et les fenêtres, — et quand on croit que c'est fini, on s'aperçoit qu'on a oublié le jardin. Me voilà gentil!

MADAME PLUMASSARD, *riant malgré elle.*

Mon pauvre ami, c'est ma faute! attends, je vais apporter des chaises. (*Pendant qu'elle rentre dans la maison, Plumassard rattache son lierre au mur et prend un air innocent, les mains derrière le dos. Quand sa femme revient, ils s'asseyent; madame Plumassard se met immédiatement à tricoter avec une grande activité.*) Que c'est donc bon de rester les bras croisés! C'est cela qui repose!

PLUMASSARD.

Tu trouves! Il me semble qu'il n'y a rien de fatigant comme de ne rien faire toute la journée.

MADAME PLUMASSARD.

Ne rien faire, certainement, mais ne plus faire que ce qu'on veut! Avoue que nous sommes bien heureux de ne plus être cloués dans notre magasin!

PLUMASSARD.

Je n'en sais rien, i'aimais bien ça, moi. J'aimais ma belle épicerie et le monde qui venait; on était poli, pour attirer les clients, on causait, c'était gentil... Ah! tu sais, — je la regrette, notre boutique!

MADAME PLUMASSARD.

Es-tu contrariant! Ne sommes-nous pas cent fois mieux ici? Il y a les voisins, c'est vrai; on nous examine, on nous épluche...

PLUMASSARD.

Parce que la voisine de gauche jette des trognons de choux dans notre jardin, tu appelles ça nous éplucher?

MADAME PLUMASSARD.

Eh bien, oui, c'est très-désagréable, mais que veux-tu? Les nouveaux venus, on en fait toujours des souffre-douleur. Et tout ça, c'est parce qu'on nous envie, mon ami! Nous avons acheté la plus belle maison du haut de la côte, tu comprends.

PLUMASSARD.

Oui, je comprends, mais c'est égal, je m'ennuie.

MADAME PLUMASSARD.

Vois-tu, Louis, à présent notre fils est premier violon à l'Opéra; nous avons un artiste dans notre famille; nous ne pouvons plus continuer à tenir un commerce. Les Vertuchon ne veulent donner leur fille qu'à une famille bien comme il faut...

PLUMASSARD.

Pour ça, je nous trouve au moins aussi comme il faut que les Vertuchon.

MADAME PLUMASSARD.

Pardi! M. Vertuchon a beau prendre des airs, il ne sera jamais qu'un boucher en retraite, et madame son épouse est grêlée comme un champ de navets!... Mais pour le mariage de notre fils...

PLUMASSARD.

Le mariage de notre fils... Sais-tu qu'il ne l'a pas seulement regardée, ta demoiselle Vertuchon?

MADAME PLUMASSARD.

D'abord, elle n'est pas à moi, ta demoiselle Vertuchon...

PLUMASSARD.

Tant pis pour elle!... pas de chance, la mère Vertuchon!

MADAME PLUMASSARD, *riant*.

Pourquoi veux-tu que Charles la regarde? s'il l'épouse, il aura le temps de la voir après la noce.

PLUMASSARD.

Ah! j'aime bien ça! Pourquoi veux-tu qu'il l'épouse, s'il ne peut pas seulement la regarder avant?

MADAME PLUMASSARD.

Mais... on ne se marie pas uniquement pour se regarder!

PLUMASSARD, *se moquant d'elle*.

Tu crois, Suzon?

MADAME PLUMASSARD.

On se marie pour la position, pour être poussé dans le monde; les Vertuchon ont de belles relations.

PLUMASSARD.

C'est eux qui le disent.

MADAME PLUMASSARD.

Enfin, ce serait ce qu'on appelle un joli mariage.

PLUMASSARD.

C'est drôle qu'on appelle joli un mariage où la demoiselle est laide! Charles ne sera pas très-amoureux de sa femme.

1.

MADAME PLUMASSARD.

Écoute! si tu veux qu'il ait à la fois une belle fortune et une jolie femme, tu en demandes trop !

PLUMASSARD.

C'est juste, on ne peut pas avoir en même temps la fortune et le bonheur! Ce n'est pourtant pas comme cela que nous nous sommes mariés, eh! Suzanne?

MADAME PLUMASSARD.

Nous, mon ami, c'est une exception.

PLUMASSARD.

Pas si rare! Nous n'avions pas le sou, ma femme, — avons-nous travaillé! Mais aussi, quand on se retrouvait le soir, c'était gentil! Elle n'était pas grande, notre chambre au cinquième, mais il y faisait bon... Y avons-nous mangé de la vache enragée!

MADAME PLUMASSARD.

Oui, mais on la mangeait ensemble...

PLUMASSARD.

Et ce n'était pas mauvais... ensemble... Mais pas mauvais du tout! Eh! dis, Suzon. (*Il la prend par la taille.*)

MADAME PLUMASSARD.

Mon bon chéri... ah! les voisins! Lâche-moi, on va nous voir!

PLUMASSARD.

Le diable emporte les voisins! Ça me rajeunit de vingt ans, de penser à notre chère bóuti-que!

MADAME PLUMASSARD, *soupirant.*

Oui, nous y avons été bien heureux... mais à présent, nous voilà à notre aise, et Charles sera encore plus riche que nous.

PLUMASSARD.

Je le veux bien, moi. Mais encore faut-il savoir s'il voudra épouser...

MADAME PLUMASSARD.

Il faudra bien qu'il veuille! Des gens si bien apparentés!

PLUMASSARD.

La grande cousine maigre, qui a l'air d'une demoiselle de paveur, et la tante aux petits tire-bouchon carotte?

MADAME PLUMASSARD.

Mais non! L'oncle Vertuchon qui est dans les eaux et forêts!

PLUMASSARD.

Tu y crois, toi, à cet oncle-là, avec ses eaux et forêts?

MADAME PLUMASSARD.

Eh bien, pourquoi pas?

PLUMASSARD.

On en parle, et on ne le montre pas; nous ne l'avons pas vu; s'il existe, ce doit être dans un vieux casier, ou derrière un bureau, copiste de catalogues en sous-ordre...

MADAME PLUMASSARD.

Es-tu drôle! au fond, je ne tiens pas tant que ça... (*Elle tourne la tête à droite.*) Ah! mon Dieu! le linge qui est resté là! A quoi donc pense Caroline? Et Charles qui va arriver! S'il amène un camarade, comme l'autre jour, ce sera joli! Attends, attends. (*Elle commence à enlever le linge.*)

PLUMASSARD, *l'arrêtant.*

Y penses-tu, Suzanne, les voisins!...

MADAME PLUMASSARD.

C'est vrai. Caroline!... Caroline!...

PLUMASSARD.

Sois tranquille, elle ne viendra pas, elle est allée à la provision.

MADAME PLUMASSARD, *consternée.*

Ah! mon Dieu! Eh bien, elle n'est pas près d'être revenue!

PLUMASSARD, *philosophe.*

Dame! une heure pour aller, une heure pour revenir, — et les commérages. — Joli pays pour la provision! Trois heures pour avoir une côtelette!... Si j'étais toi, j'aurais un mouton vivant, dans une cage, à côté des poules, et je lui prendrais les côtelettes à mesure; en le nourrissant bien, il ne s'en apercevrait peut-être pas!

MADAME PLUMASSARD, *riant malgré elle.*

Es-tu insupportable! Je vais l'enlever, ce linge, tant pis pour les voisins. (*Elle se met à dégarnir la corde.*)

PLUMASSARD.

Appelle donc Louise pour t'aider.

MADAME PLUMASSARD.

Louise? Non, elle fait des ourlets à jour aux cravates de Charles, — les cravates de Charles, c'est sacré! — Il m'a dit l'autre jour qu'on lui a rapporté les siennes en trois morceaux, en long.

PLUMASSARD.

Ça ne m'étonne pas! On a trouvé des procédés pour simplifier le blanchissage... Oh! c'est bien simple, on détruit le linge, — et alors, on en achète toujours de neuf, — ça simplifie le blanchissage, en effet! Dis donc, Suzon, la voisine de gauche te regarde faire, de sa fenêtre.

MADAME PLUMASSARD.

Sa fenêtre? Eh bien, qu'elle y reste! (*Elle lève la tête.*) Vieux taquin, il n'y a personne.

PLUMASSARD, *riant.*

Ma petite femme, je t'adore! Embrasse-moi. (*Madame Plumassard rentre dans la maison avec le linge et revient sur-le-champ.*)

SCÈNE II

LES MÊMES, LOUISE.

PLUMASSARD, *à Louise, qui tourne le coin de la maison, portant une chaise, un panier à ouvrage et un petit banc.*

Bonjour, ma Louisette; que voulez-vous, mon enfant?

LOUISE.

M'asseoir à l'ombre, monsieur Plumassard; le soleil a tourné!

PLUMASSARD.

La! qu'est-ce que je disais! Asseyez-vous, Louisette; et les petites sœurs?

LOUISE, *assise et travaillant.*

Merci, monsieur, elles vont bien, elles sont à l'école. Depuis que madame Plumassard me permet de terminer ma journée à cinq heures, je peux aller les chercher à l'école; elles ne sont jamais seules, et j'ai toujours l'esprit tranquille. C'est bien bon à vous, madame, d'avoir arrangé cela.

MADAME PLUMASSARD.

Il faut bien faire ce que vous voulez, puisque vous ne voulez pas faire ce que nous voulons; j'aurais mieux aimé vous garder ici tout à fait, pour nous désennuyer, mais vous refusez.

LOUISE, *souriant doucement.*

C'est pour me taquiner que vous me dites cela, madame Plumassard, vous savez bien que je ne puis pas : le bon Dieu m'a donné deux grandes fillettes à élever, ne faut-il pas que la petite maman passe avant l'ouvrière?

MADAME PLUMASSARD.

Je sais bien que vos sœurs ne s'aperçoivent guère avec vous qu'elles sont orphelines, mais elles ont eu de la chance de vous avoir... Ce n'est pas pour vous faire de compliments, Louise, mais je m'étonne que ce vilain pays possède des gens comme vous...

PLUMASSARD.

Comme elle? Il n'y a qu'elle, — et elle n'est pas née ici... — heureusement!

LOUISE, *souriant.*

Oh! monsieur Plumassard, si l'on vous enten- dait!... Nos pauvres villageois n'ont pas de chance de s'être fait prendre en grippe par de si bonnes gens!

MADAME PLUMASSARD.

C'est nous qui en avons, de la chance, d'être détestés par de si vilains matous! La! voilà le linge rentré, Charles peut venir. Est-ce que ce n'est pas l'heure du train, monsieur Plumassard?

PLUMASSARD, *tirant sa montre.*

Oui, mais la côte? Trois quarts d'heure en montant! Joli pays pour les communications!

MADAME PLUMASSARD.

Eh bien, si on est trois quarts d'heure à monter, on est vingt minutes à descendre. Ça a bien son prix. Allons, mon gros loup, ne fais pas croire à cette enfant que tu as un mauvais caractère. (*Louise sourit.*)

PLUMASSARD.

Louise sait bien que je n'ai jamais mangé personne. Dis donc, Suzanne, as-tu regardé le papier qu'on a apporté ce matin?

MADAME PLUMASSARD.

Il est joli, ton papier! C'est une assignation!
Le voisin de droite prétend que nous avons
arrêté l'écoulement des eaux de son jardin, et
qu'il a été inondé par la pluie de mardi.

PLUMASSARD.

Inonder son jardin qui est plus haut que le
nôtre sur la côte! — Il est donc fou? si ce jardin était plus bas, je comprendrais encore.
C'est lui qui m'inondait l'autre jour avec sa
petite cascade... mais j'y ai mis bon ordre.
(*Louise se lève et cherche dans la muraille à droite.*)
Que voulez-vous, Louise?

LOUISE, *apportant un gros tampon de chiffon.*

Je cherchais le bouchon que vous avez mis
au tuyau de dégagement de ce monsieur.

PLUMASSARD.

Voulez-vous bien laisser ça! Pour qu'à la
prochaine pluie, la cataracte recommence dans
mes hortensias?

LOUISE, *souriant.*

Alors, monsieur Plumassard, vous aurez
maille à partir avec le juge de paix. Si le voisin
réclame, c'est que vous devez avoir quelque
chose pour cela dans votre contrat de vente!

C'est bien possible. Il y a tant de choses là
dedans, auxquelles je n'ai rien compris! Comment, c'est par là que passe l'eau du voisin?
Mais c'est abominable!

LOUISE.

Quand il pleut.

PLUMASSARD.

Par exemple, je ne m'en serais jamais douté!...
Eh bien, puisqu'il n'y a pas moyen de faire
autrement, je ferai creuser une petite rigole...

MADAME PLUMASSARD.

Une rigole, à présent? C'est affreux! c'est à
quitter le pays.

PLUMASSARD.

Parce que je ferai creuser une rigole!

MADAME PLUMASSARD.

Tu m'ennuies! Une maison où l'on n'est pas
seulement chez soi! Charles aura bien du plaisir
à demeurer ici avec sa femme! Est-ce qu'on
vous a fait aussi des misères, Louise?

LOUISE, *qui est retournée à sa place.*

Non, madame, pas à présent. Il y a dix ans
que nous sommes ici.

MADAME PLUMASSARD.

Et dans les commencements?

LOUISE.

D'abord, nous n'étions ni riches ni pro-
priétaires, mais on nous tourmentait bien un
peu tout de même.

MADAME PLUMASSARD.

Il faudra attendre dix ans pour qu'on nous
supporte! C'est consolant! Pour moins de rien,
je vendrais la maison.

PLUMASSARD, *à part.*

Que le ciel t'entende! (*Haut.*) Suzanne, une si
jolie maison!

MADAME PLUMASSARD.

Jolie! jolie,... si l'on veut!

PLUMASSARD.

Mais tu en étais si contente quand nous
l'avons achetée?

MADAME PLUMASSARD.

Quand nous l'avons achetée... oui... mais
depuis...

PLUMASSARD.

Est-ce qu'elle a enlaidi?

MADAME PLUMASSARD.

Non... mais... enfin, elle est à nous, voilà
tout. Et nous n'avons pas un moment de repos.

PLUMASSARD.

Un pays si tranquille! On ne nous dérange pas.

MADAME PLUMASSARD.

Je crois bien! depuis notre arrivée, nous n'avons vu que les gens qui viennent se plaindre, et une fois le garde champêtre pour une contravention. C'est gai!

PLUMASSARD.

Une jolie maison, pourtant, et puis, quand on n'a pas ce que l'on aime... Ne te fâche pas, madame Plumassard, tu ferais supposer à cette enfant que tu as mauvais caractère. Tiens, voici Charles.

SCÈNE III

LES MÊMES. CHARLES *entre par la droite en tournant la maison.*

CHARLES.

Bonjour, père; bonjour, maman... — frais comme des roses!...

MADAME PLUMASSARD.

Tu as chaud pour tout le monde, toi! Es-tu fait! Y en a-t-il, de la poussière, sur cette route!

CHARLES.

Oui, j'en ai apporté pas mal, mais il y en a
encore. Bonjour, mademoiselle Louise.

LOUISE, *sans lever les yeux.*

Bonjour, monsieur Charles.

CHARLES.

Toujours au travail, — et pour moi?

LOUISE.

Madame Plumassard m'a dit que vos cravates
étaient pressées, je vais les finir aujourd'hui.

CHARLES, *à part.*

Comment, aujourd'hui? Ah! mais non!(*Haut.*)
Après mes cravates, mère, qu'est-ce que tu vas
faire faire?

MADAME PLUMASSARD.

Je ne vois pas trop... on demande Louise
partout. Je crois que je lui donnerai quinze
jours de vacances.

CHARLES, *à part.*

Diable! nous allons voir. (*Haut.*) Et mes che-
mises, maman? Je n'en aurai bientôt plus de
présentables.

MADAME PLUMASSARD.

Comment? Et la douzaine de l'hiver dernier?

CHARLES.

Et la blanchisseuse? On m'en a perdu, on

m'en a déchiré!... du reste, il faut convenir que
ce linge acheté ne vaut rien : tu devrais m'en
faire faire à la maison. Est-ce que mademoiselle Louise pourrait....?

MADAME PLUMASSARD.

Pardi! elle sait tout faire. Mais c'est tout de
même bien étonnant...

CHARLES.

Ah! maman, les blanchisseuses sont des
gouffres insondables où bouillonne un océan de
chlorure de chaux. Tu me feras faire des che-
mises, dis? C'est utile, ça, un homme ne peut
pas s'en passer.

MADAME PLUMASSARD.

Il faudra bien! Mais j'irai voir dans tes tiroirs;
je suis sûre que tu ne sais pas ton compte.

CHARLES.

Maman, je te jure que tu n'en trouveras plus
que trois, — trois présentables. (*A part.*) J'y
veillerai... (*Haut.*) Tu vois que c'est pressé;
quand commencera-t-on?

MADAME PLUMASSARD.

Mais... demain, puisque c'est comme ça. Tout
de même, c'est bien étonnant!

CHARLES, *à part.*

Je crois bien que c'est étonnant! J'en ai plus d'une douzaine de neuves!...

PLUMASSARD.

Suzanne, il a chaud, cet enfant; si tu lui donnais un verre de vin?

LOUISE *veut se lever.*

Ne vous dérangez pas, madame, j'y vais.

CHARLES.

Mais non, mademoiselle Louise, mes cravates, s'il vous plaît. Maman, si tu me donnais de ton petit vin, du cachet vert, tu sais?

PLUMASSARD.

Pas dégoûté! l'enfant! Attends, mon gaillard, je vais t'en chercher une bouteille de frais à la cave... Donne les clefs, Suzanne. (*Madame Plumassard lui jette les clefs, il les attrape au vol et sort.*)

CHARLES, *paresseusement étendu sur deux chaises.*

C'est ça, moi, je m'en vais chercher les verres.

MADAME PLUMASSARD, *vivement.*

Bouge pas!... Faudrait voir, fatigué comme tu l'es! (*Elle entre dans la maison.*)

CHARLES *se lève brusquement et s'approche de Louise.*

Mademoiselle Louise, pourquoi ne voulez-vous pas me regarder?

LOUISE, *doucement.*

Je vous ai vu, monsieur Charles, et mon ouvrage est pressé.

CHARLES.

Je n'ai pas besoin de mes cravates, et j'ai besoin de vous parler.

MADAME PLUMASSARD *rentre avec un plateau et des verres.*

Charles, as-tu rencontré Caroline sur la route?

CHARLES.

Oui.

MADAME PLUMASSARD.

Qui revenait?

CHARLES.

Non, qui s'en allait.

MADAME PLUMASSARD, *stupéfaite.*

Comment, qui s'en allait? Qui revenait?

CHARLES.

Non, qui s'en allait, parfaitement, et même j'ai rencontré le pompier sous l'arbre, — l'arbre unique qui borde à lui tout seul nos trois quarts de lieue de route... L'estimable fonctionnaire m'a fait place à l'ombre, à ses côtés, je suis forcé d'en convenir. (*Plumassard rentre, débouche la bouteille et verse. Ils boivent.*)

MADAME PLUMASSARD.

Et le pompier! Il l'attendait au retour, le scélérat! les militaires ne respectent rien! Eh bien, si nous dînons, aujourd'hui!

CHARLES.

Nous finirons bien par trouver quelque chose à mettre sous la dent. J'ai de bonnes dispositions, pourtant. Dis donc, père, j'ai passé rue Montmartre, ce matin.

PLUMASSARD, *vivement.*

Ah! Eh bien?

CHARLES.

Eh bien, ce pauvre Quivel s'en va décidément de la poitrine, et la boutique...

PLUMASSARD.

Le magasin, malheureux! ta mère veut qu'on dise le magasin!

CHARLES.

Et le magasin s'en va aussi de la poitrine. Quivel m'a dit qu'il était incapable de mener la barque... Sa femme est une pécore qui n'y entend rien; et les clients le quittent parce qu'ils sont mal servis par des garçons malhonnêtes...

MADAME PLUMASSARD, *vivement.*

Ah! si j'étais là, c'est moi qui te les ferais marcher.

2

PLUMASSARD.

Ce pauvre Quivel! Et cette pauvre boutique si bien fournie, si bien achalandée... cela fait peine!

CHARLES.

On vous regrette dans le quartier, et Quivel disait que si vous vouliez reprendre votre fonds, il vous aurait payé quelque chose en retour; il meurt à la peine.

PLUMASSARD.

Pauvre homme! Entends-tu, la bourgeoise?

MADAME PLUMASSARD, *émue.*

Bah! ce n'est pas pour l'argent... Ce pauvre diable, s'il est malade... qu'il le vende, ce fonds. Nous, puisque nous nous sommes retirés des affaires pour jouir en paix de nos revenus, pour être bien tranquilles... Voilà encore la chèvre à la voisine d'en face qui court dans nos choux!... Charles, tu n'avais pas fermé la porte. (*Elle court à gauche.*) Plumassard, viens m'aider, la vilaine bête a des cornes qui n'en finissent plus. (*Plumassard sort.*)

CHARLES, *s'approchant de Louise.*

Mademoiselle Louise, pourquoi me tenez-vous rigueur? Que vous ai-je fait? Ne voyez-vous pas que je vous aime?

LOUISE.

Si ce n'est pas vrai, c'est mal ; si c'est vrai, il ne faut pas me le dire.

CHARLES.

Pourquoi?

LOUISE.

Parce que, pour me conseiller, je n'ai plus ni père ni mère, et que mes deux sœurs n'ont que moi pour les surveiller. Je n'ai ni le temps ni l'envie d'écouter les amoureux, monsieur Charles...

MADAME PLUMASSARD, *rentrant*.

Nous l'avons fait sortir par la petite porte, la maudite bête...

PLUMASSARD, *rentrant*.

Pas si bête, la chèvre; elle était en train de tailler les rosiers avec ses dents, — pas plus mal que le jardinier, ma foi!... Charles, conseille donc à ta mère de me les laisser tailler, avec mon sécateur; elle ne me permet pas d'y toucher.

MADAME PLUMASSARD.

Pour ça, non!... Les gens de l'endroit nous accusent assez d'être avares! Il faut avoir un jardinier.

PLUMASSARD.

Très-bien! Tu sais, Suzanne, que je ne te con-

trarie jamais, mais la première fois que tu sor-
tiras, je ne dis que ça !

MADAME PLUMASSARD.

Tâche !

CHARLES, *à part.*

Pas moyen de lui parler seul ! (*Haut.*) Mère,
décidément, je crois que j'ai faim ; si tu me
donnais une croûte de pain ? (*Madame Plumassard
entre dans la maison. Plumassard s'éloigne, regardant son lierre.*) Mademoiselle Louise, que je vous
dise deux mots...

MADAME PLUMASSARD, *dans la maison.*

Dis donc, Charles, viens un peu.

CHARLES, *impatienté.*

Ah ! c'est insupportable ! (*Il court à la cage à
poules et fait passer la poule blanche par-dessus le
mur de droite.*)

MADAME PLUMASSARD, *dans la maison:*

Charles !

CHARLES, *criant.*

Mère, viens vite, ta poule blanche s'est sauvée
chez le voisin de droite.

MADAME PLUMASSARD, *accourant.*

Le voisin inondé ! Est-ce assez désagréable !

CHARLES, *à part*.

Si j'avais su, je l'aurais aussi bien fait passer à gauche !

MADAME PLUMASSARD.

C'est encore bien heureux que ce ne soit pas chez celle qui vide son panier tous les soirs dans notre jardin.

CHARLES, *à part*.

Très-bien alors !

MADAME PLUMASSARD.

Il n'y a pas à dire, il faut que j'aille la chercher ; c'est qu'ils sont capables de dire que nous l'avons fait exprès !...

CHARLES, *sérieux*.

Parbleu !

PLUMASSARD, *revenant*.

Veux-tu que j'y aille, ma bonne ?

MADAME PLUMASSARD.

Non, non, vois-tu, il vaut mieux que ce soit moi ; avec une femme, il sera forcé d'être poli. (*Elle sort.*)

CHARLES, *à son père*.

Maman n'est pas près d'être rentrée, père ; si tu allais un peu du côté de tes chers rosiers ?...

PLUMASSARD, *ébahi, le regarde*.

Pas possible ! Comment ! tu... (*Il éclate de*

2.

rire.) A-t-il de l'esprit, ce gaillard-là! Merci, mon garçon, je te le revaudrai! Es-tu malin, va! (*Il sort à gauche.*)

SCÈNE IV

CHARLES, LOUISE.

CHARLES.

Pardonnez-moi cette ruse, mademoiselle Louise, j'avais besoin de causer sérieusement avec vous.

LOUISE *se lève et prend sa corbeille pour s'en aller.*

Permettez-moi de rentrer, monsieur Charles, j'ai quelque chose à faire là-haut.

CHARLES.

Non, mademoiselle Louise, vous m'écouterez, si vous ne voulez pas que j'aie des regrets d'avoir joué ce tour à ma mère. Pourquoi m'évitez-vous? Vous ai-je jamais manqué de respect?

LOUISE.

Non, monsieur Charles.

CHARLES.

Pensez-vous que je voudrais vous offenser?

LOUISE, *fermement et après un petit temps.*

Non, monsieur Charles. (*Elle le regarde, leurs yeux se rencontrent, elle baisse la tête.*)

CHARLES.

Alors, pourquoi me fuyez-vous? Est-ce que je vous déplais? Vous ne répondez pas? Me trouvez-vous méchant, ou déplaisant, ou...

LOUISE.

Non, monsieur.

CHARLES.

Alors, laissez-moi vous dire que je vous aime, puisque c'est vrai, comme il est vrai que le beau soleil nous éclaire et que mes parents vont revenir tout à l'heure; avant de leur demander leur consentement, il faut bien que je sache si vous voulez m'épouser.

LOUISE, *éperdue.*

Vous, vous épouser? Ah! pourquoi plaisanter avec ces choses-là? c'est mal, c'est très-mal, monsieur!

CHARLES.

Vous croyez que je pourrais plaisanter?... Non, je vous le jure, et vous allez le voir tout à l'heure.

LOUISE.

Mais vous ne me connaissez pas, vous ne savez pas qui je suis!

CHARLES.

Vous croyez? Ah! mademoiselle Louise, vous qui êtes si fine, vous n'avez rien vu, rien deviné? Savez-vous ce que j'ai fait tout l'été? Le soir, après dîner, on me croyait parti? J'allais à la gare, en effet; mais au lieu de prendre le train, je revenais par les champs jusqu'à votre maisonnette; par la fente des volets, je vous voyais coudre;... quelquefois, je vous entendais à votre mauvais petit piano, et je vous écoutais, et je vous regardais... Vous êtes une grande musicienne, Louise.

LOUISE.

Vous savez cela?

CHARLES.

Je sais que vous êtes la fille d'un grand artiste mort pauvre, vous cachez vos talents, vous cachez vos vertus... Et à vous voir si simple, si dévouée aux orphelines que votre mère vous a laissées... croyez-vous que j'aie pu ne pas vous aimer?

LOUISE.

Je fais mon devoir, monsieur Charles, rien de plus; il n'y a pas là de quoi m'aimer.

CHARLES.

Ah! oui, je vous aime, et je vous aime bien, car, depuis un mois, je tremble tous les jours à l'idée que vous pouvez refuser d'être ma femme, et alors que deviendrai-je, moi? Dites, Louise, refusez-vous de m'épouser?

LOUISE, *d'abord hésitante, se rassure peu à peu.*

Monsieur Charles... (*Le retenant du geste.*) Attendez. L'homme qui vient de m'adresser de si bonnes paroles mérite toute l'estime d'une honnête fille : si je n'étais pas condamnée au travail et à l'isolement, je vous aurais peut-être avoué encore un peu d'amitié... Mais je ne peux pas, je ne dois pas. Dès ce soir, je quitte cette maison, où j'ai pourtant passé de bonnes heures... Vous n'aurez plus d'occasion de me voir, et vous m'oublierez.

CHARLES, *qui n'a pas écouté la dernière phrase.*

Vous avez donc pour moi quelque sympathie...

LOUISE.

Je vous ai dit tout ce que je pouvais vous dire.

CHARLES.

Mais puisque je vous demande d'être ma femme?...

LOUISE.

On vous destine une femme riche.

CHARLES.

La petite Vertuchon, laide comme père et mère et acariâtre comme une vieille pie? J'aimerais mieux me pendre! au moins, ce serait fini tout de suite.

LOUISE.

Vous avez devant vous un bel avenir, il vous faut des relations, une alliance honorable.

CHARLES.

La vôtre ne l'est-elle pas? Votre père était un homme de cœur, on se souvient de lui à l'Opéra... Louise, dites-moi plutôt tout de suite que vous ne m'aimez pas. (*Louise fait un mouvement.*) Ah! vous vous troublez? Vous m'aimez... vous ne voulez pas me le dire, vous le direz bien à ma mère, quand elle va revenir? Laissez-moi cinq minutes pour la faire renoncer à l'alliance Vertuchon... Mais, Louise, vous devriez consentir par pure charité, à seule fin de m'empêcher d'épouser la famille Vertuchon! Allez, allez, nous allons voir comment ma mère vous recevra, quand vous lui annoncerez que vous voulez quitter sa maison.

LOUISE *l'arrête avec fermeté.*

Monsieur Charles, je ne veux pas.

CHARLES *lui prend la main, et cherche à lire dans ses yeux.*

Vous ne voulez pas? Vous voulez que je sois malheureux? Tout ça parce que vous êtes une orgueilleuse?

LOUISE, *troublée.*

Orgueilleuse?

CHARLES, *la retenant malgré elle.*

Oui, pour ne pas être obligée de passer une ou deux vivacités à de braves gens, qui vous apprécient plus que vous ne croyez, pour ne rien me devoir à moi, qui vous aime... oui, orgueilleuse.

LOUISE, *troublée.*

Si c'est de l'orgueil... je ne sais pas, moi : je croyais que c'était une fierté permise.

CHARLES.

De la fierté! mais vous êtes émue, vous souffrez, Louise, et vous souffrez par votre faute, parce que vous m'aimez et que votre orgueil vous ordonne de repousser ma main.

LOUISE, *émue.*

Ah! monsieur Charles, je ne sais plus, je ne peux plus... Faites ce que vous voudrez. (*Elle entre vivement dans la maison.*)

CHARLES, *oppressé.*

Elle m'aime! (*Il fait quelques pas.*) C'est un poids qui me tombe des épaules! ne dirait-on pas que je viens de déposer une maison par terre? (*Il se secoue.*) Allons donc! Ça va être dur... mais elle m'aime! allons! courage, j'ai gagné ma première bataille, enlevons la seconde! (*Il s'assied et rêve.*)

SCÈNE V

CHARLES, PLUMASSARD.

PLUMASSARD *s'approche doucement de son fils et lui frappe sur l'épaule.*

Il y en a trois de taillés, des rosiers. Eh! Charles, comme te voilà rêveur! Penses-tu à tes amours?

CHARLES *tressaille et se remet sur-le-champ.*

Précisément, mon père.

PLUMASSARD.

Ah! mon gaillard! conte-moi ça... je n'en dirai rien à ta mère, hein?

CHARLES, *après un petit temps.*

Tiens-tu beaucoup à être le beau-papa de mademoiselle Vertuchon?

PLUMASSARD.

Ah! Dieu, non! C'est une idée de ta mère. Pour moi, veux-tu que je te dise? je ne peux pas souffrir ces gens-là.

CHARLES.

Ni moi non plus; alors, c'est tout jugé... Faisons une croix dessus et n'en parlons plus.

PLUMASSARD.

Moi, je ne demande pas mieux. Ta mère résistera peut-être un peu : au fond, je crois qu'elle ne les aime pas mieux que moi, mais il suffit que nous n'en voulions plus, pour qu'elle y tienne; — enfin, mauvais sujet, il y a donc quelque amourette sous jeu, que tu ne veux pas te marier? Gredin, va!

CHARLES, *sérieux.*

Ce n'est pas une amourette, mon père, c'est un mariage.

3

PLUMASSARD.

Un mariage? C'est plus dangereux.

CHARLES, *très-sérieux, un peu emphatique.*

Peut-être, — à bien y penser, mon père, une amourette n'est jamais quelque chose de bien honorable...

PLUMASSARD, *riant.*

Oh! oh! Sur quoi as-tu marché pendant que je jardinais là-bas? C'est à l'orchestre de l'Opéra qu'on vous enseigne ces phrases-là? Mâtin!

CHARLES, *de son ton ordinaire, riant.*

Non, père, mais, vois-tu, je me suis dit qu'il valait mieux me marier jeune, honnètement, comme toi, et vivre en famille.

PLUMASSARD.

Tu as, parbleu! bien raison. Mais qui veux-tu épouser? Un mariage, c'est pour la vie.

CHARLES.

Précisément; aussi me suis-je dit que je choisirais une femme sérieuse, diligente, artiste, enfin, parce que, au bout du compte, la musique, c'est ma vie, et qu'il faut bien pouvoir parler à sa femme de ce qu'on a dans le cœur.

PLUMASSARD, *ému.*

Tu as raison, tu as raison. Mais où trouveras-tu une femme pareille? Ce ne sont pas nos filles de commerçantes qui ressemblent à ce portrait-là !

CHARLES.

Je l'ai trouvée, mon père... mais tu vas pousser les hauts cris!

PLUMASSARD, *méfiant*.

A ton âge, on se trompe.

CHARLES.

Vous la connaissez... Elle n'a qu'un défaut.

PLUMASSARD.

Lequel?

CHARLES.

Elle est pauvre.

PLUMASSARD, *après un petit temps*.

Pour moi, ça ne veut rien dire du tout. Pour ta mère, je ne sais pas.

CHARLES *se jette à son cou*.

Tu consens donc, mon cher père?

PLUMASSARD, *le calmant*.

Tout beau, tout beau, attends, il faut bien savoir qui c'est !

CHARLES.

C'est Louise.

PLUMASSARD.

Louise? Louise est musicienne?

CHARLES.

Je crois bien. Est-ce que vous ne l'aviez pas entendu dire?

PLUMASSARD.

Qui diable nous l'aurait dit, puisque nous ne voyons que le facteur et le garde champêtre!... C'est bien singulier, et ce qui m'étonne le plus, c'est qu'elle n'en ait jamais parlé.

CHARLES.

Est-ce qu'elle se vante jamais?

PLUMASSARD.

Mais toi, comment l'as-tu su?

CHARLES.

En écoutant aux portes. Eh bien, père, tu consens?

PLUMASSARD.

Louise n'est qu'une ouvrière.

CHARLES.

Est-ce que nous ne sommes pas des épiciers? Ma mère était ouvrière quand tu l'as épousée, et ni toi, ni moi, ne l'aimons moins pour cela.

PLUMASSARD.

Oui, oui, mais c'est précisément ce qui rendra la chose plus difficile.

CHARLES.

Mais toi, mon père chéri, est-ce que tu ne veux pas?

PLUMASSARD.

On verra, on verra... Laisse-moi en causer avec ta mère.

CHARLES.

D'abord, si je ne l'épouse pas, je resterai garçon, et, sur mes vieux jours, je me marierai avec ma cuisinière.

PLUMASSARD.

Ta, ta, ta! Va donc! Tu m'ennuies! Ce n'est pas à moi qu'il faut dire cela, c'est à ta mère, pour l'influencer. Tiens, je l'entends qui rentre. Va-t'en n'importe où, qu'elle ne te voie pas cette figure-là, car elle demandera ce qu'il y a, et elle dira non au premier mot.

CHARLES.

Tu parleras pour moi, n'est-ce pas?

PLUMASSARD, *le poussant.*

Mais va donc, enragé bavard! Il va faire tout manquer. (*Charles sort.*) Louise, — c'est drôle, j'y avais pensé! L'avoir toujours dans la maison, si douce, si tranquille, si adroite... (*Il se gratte l'oreille.*) Ça ne va pas être commode... Voilà la bourgeoise, allons-y.

SCÉNE VI

PLUMASSARD, Madame PLUMASSARD *rentre*
fort animée, portant sa poule dans le bras.

MADAME PLUMASSARD.

La voilà, la màtine! Dis donc, Plumassard,
le voisin...

PLUMASSARD.

Eh bien?

MADAME PLUMASSARD.

Le voisin, ce n'est pas le voisin... c'est sa
cuisinière, une espèce de Margoton... Oh! je
lui en ai dit long, va! je n'ai plus rien sur le
cœur.

PLUMASSARD, *saisi.*

Ah! saperlotte!

MADAME PLUMASSARD, *très-animée et s'exaspérant de*
plus en plus jusqu'à la fin.

Oui! Elle ne voulait pas me rendre ma poule.
J'ai demandé à parler à monsieur... Croirais-tu
qu'elle ne voulait pas me le laisser voir? Alors,
moi, je l'ai appelé par la fenêtre, son monsieur!
Ah bien, oui, il est propre! Sourd comme une

pioche et quasi aveugle! Ce n'est pas lui qui
nous enverrait des assignations, le pauvre cher
homme. C'est cette mijaurée qui fait tout! Joli
pays, il n'y a rien à dire! Les gens y sont de
vrais sauvages, des hibous, des... Ils veulent
nous chasser d'ici, nous faire vendre la maison
et le terrain, elle me l'a dit. Eh bien, non! je
mourrai d'ennui et de colère s'il le faut, mais
je garderai la maison, la! (*Elle fourre brusquement
la poule dans la cage et referme la porte avec colère.*)
Mais je lui ai dit mes sentiments! Nous nous
sommes quittées en nous faisant de grandes ré-
vérences. « Excusez, madame, le dérangement. »
« Allez, allez, madame, emportez votre pigeon
étique!... » La Blanchette, un pigeon étique!
(*Regardant la cage.*) Pauvre belle! va! oh! quand
je la rattraperai... Ah! ils croient que je vais
quitter le pays? Mais quand j'aurai des petits-
enfants, ils naîtront ici, on les baptisera ici,
nous mourrons ici, nous et notre postérité.
Voilà!

(*Pendant cette tirade, Plumassard a essayé
plusieurs fois de placer un mot, et, n'y pouvant
réussir, il a écouté, les mains jointes, avec résignation.*)

PLUMASSARD, à part.

Tiens, c'est une idée! Je vais la contrarier.

(*Haut.*) Ça sera plus difficile que tu crois, les Vertuchon ne voudront jamais que leur demoiselle quitte la jolie maison de Lagny !

MADAME PLUMASSARD.

Eh bien, alors, au diable les Vertuchon ! on dirait qu'il n'y a qu'eux au monde !

PLUMASSARD.

Pour une simple fantaisie, Suzanne...

MADAME PLUMASSARD.

Une fantaisie ! Par exemple ! Il y va de notre dignité.

PLUMASSARD.

Oui, oui, mais il ne faudrait pas rompre à la légère avec une famille si bien apparentée, et puis, des gens riches.

MADAME PLUMASSARD.

Des gens riches ! Nous aussi, nous sommes riches, Dieu merci ! et, pour la parenté, nous n'en avons pas du tout, ce qui vaut mieux que d'en avoir une vilaine.

PLUMASSARD.

Mais pense donc, Suzanne...

MADAME PLUMASSARD.

Je les déteste, tes Vertuchon !

PLUMASSARD.

Ils sont pourtant bien gentils.

MADAME PLUMASSARD.

Je les exècre, tes Vertuchon, et je ne veux plus qu'on m'en parle, entends-tu?

PLUMASSARD.

Très-bien, Suzanne, nous n'en parlerons plus... Mais voilà ce pauvre Charles qui se trouve sans prétendue.

MADAME PLUMASSARD.

Avec ça que c'est rare, les demoiselles à marier! Il y en aura toujours plus que de garçons. Notre Charles... Tiens, où donc est-il?

PLUMASSARD.

Il dort dans quelque coin; la chaleur et la fatigue...

MADAME PLUMASSARD, *radoucie.*

Ce pauvre garçon, c'est vrai qu'il n'y a pas d'ombre ici... mais il y en aura avec le temps.

PLUMASSARD.

Il y en aura même beacoup avec le temps. (*Un petit temps.*) Dis donc, Suzon, il me vient une idée. Tu veux t'établir ici de manière qu'on voie bien que c'est pour la vie? Si tu mariais Charles à une fille du pays?

MADAME PLUMASSARD.

Une fille du pays? Mais il n'y en a pas une qui vaille quatre sous, nippes comprises!

3.

PLUMASSARD.

Tu crois? Alors n'en parlons plus. Tu sais
que je fais tout ce que tu veux. Causons d'autre
chose. (*Ils s'asseyent.*) Tu ne savais pas que
Louise jouait très-bien du piano?

MADAME PLUMASSARD, *stupéfaite.*

Comment, elle joue du piano? Et elle sait faire
la cuisine? Et elle raccommode les bas... Ce
n'est pas possible! qui te l'a dit?

PLUMASSARD.

Tout le monde. Sais-tu qu'elle est la fille d'un
musicien distingué?

MADAME PLUMASSARD.

Fille d'un musicien, je le savais; — distingué,
je ne le savais pas. (*Un temps.*) Pourquoi n'as-
tu pas dit ça? Ça va être gênant d'avoir à son
service une personne très-bien élevée, qui joue
du piano, moi qui n'ai jamais pu apprendre
seulement à jouer *Au clair de la lune.*

PLUMASSARD.

Naturellement : aussi, je me suis dit que
cette personne si distinguée ne pouvait plus être
ouvrière chez de simples bourgeois enrichis.

MADAME PLUMASSARD.

Eh bien, voilà une idée! Est-ce que nous ne

valons pas tout le monde? Nous avons honnê-
tement gagné notre argent, Dieu merci !

PLUMASSARD.

C'est que tu disais que cela te gênait... j'avais
pensé qu'il était bien simple de ne plus lui
donner d'ouvrage, voilà tout !

MADAME PLUMASSARD.

Ne plus l'employer ? Mais, Plumassard,
quelle mouche te pique? Qu'est-ce que je ferais
sans Louise? C'est mon bras droit : elle coud,
raccommode, repasse, arrange tout ce qu'il y a
de linge fin dans la maison... Je n'ai plus les
yeux à cela, moi, et quand Charles n'est pas là,
à nous deux, c'est un peu triste. J'aime bien à
l'avoir à table entre nous; elle ne parle pas
beaucoup, mais elle est très comme il faut,
Louise; elle n'a pas du tout l'air d'une ouvrière.

PLUMASSARD, *mystérieux*.

Oui, ma bonne, c'est précisément pour cela
qu'à ta place, je ne tiendrais pas à la garder ici.

MADAME PLUMASSARD.

Décidément, tu la trouves trop bonne pour
nous?

PLUMASSARD.

Non pas, mais elle est très-jolie, avec cela.
J'ai peur que Charles ne la trouve assez bonne

pour lui ! et, tu comprends, une ouvrière... Notre fils ne peut pas épouser une ouvrière... Ce serait une mésalliance !

MADAME PLUMASSARD.

Et qu'est-ce que j'étais quand nous nous sommes mariés ? Ne travaillions-nous pas encore il y a six mois, avant que ce pauvre Quivel eût la malheureuse idée de venir se tuer de fatigue dans notre magasin ? Louise est une ouvrière, c'est vrai ; mais si Charles l'aimait... Bah ! Tiens, tu as la tête à l'envers aujourd'hui, et tu me fais dire un tas de bêtises... Où as-tu pris l'idée qu'elle plaisait à notre fils, cette jeune fille ?

PLUMASSARD.

C'est lui qui est venu me le dire tantôt.

MADAME PLUMASSARD, *un peu émue.*

Comment, déjà ? Et que lui as-tu répondu ?

PLUMASSARD.

Mais la seule réponse raisonnable... qu'il n'était qu'un étourneau, et que jamais nous ne consentirions à ce mariage.

MADAME PLUMASSARD.

Nous ? parle pour toi, si tu veux ! Tu m'en fais dire de belles ! Comment, notre Charles aime une jolie enfant, — car elle n'est pas comme ta petite Vertuchon, celle-là ! honnète,

instruite, adroite de ses mains comme une petite
fée, et tu vas lui dire... Vrai, je ne sais pas ce
que tu as, mais tu as l'esprit joliment mal bâti!
Charles! Charles!

CHARLES, *au loin.*

Maman!

MADAME PLUMASSARD.

Viens ici, tout de suite. (*A Plumassard.*) S'il
l'aime et s'il veut l'épouser, j'espère bien que tu
auras assez d'esprit et d'amitié pour ton fils pour.
ne pas le rendre malheureux par amour-propre.
Dis?

PLUMASSARD, *résigné.*

Fais ce que tu voudras, Suzanne, tu sais que
je ne te contrarie jamais.

MADAME PLUMASSARD, *frappée.*

Ah! mais... il y a deux petites sœurs... qui
les nourrira?

PLUMASSARD.

Dame, oui... deux petites sœurs... ça coûte à
nourrir... Une idée!... si on les mettait en
apprentissage, cela ne coûterait pas bien cher.

MADAME PLUMASSARD.

Et cela leur serait très-utile. Ce serait un
gagne-pain pour l'avenir. C'est ça!

SCÈNE VII

LES MÊMES, CHARLES.

MADAME PLUMASSARD.

Charles, ton père me dit que tu veux épouser Louise, est-ce bien sûr? (*Plumassard fait signe à son fils de dire oui.*)

CHARLES.

Oui, mère.

MADAME PLUMASSARD.

As-tu bien pensé? Sais-tu qu'elle n'a rien et
que les commencements de votre ménage seront
difficiles? Nous ne pouvons pas te faire une
forte pension... Avec une demoiselle riche, tu
n'aurais pas eu ce désagrément-là.

CHARLES.

Mère, quand tu as épousé mon père, as-tu
pensé qu'avec un autre tu aurais pu marcher
sur des tapis et porter des dentelles ? Je vous ai
souvent entendus vous rappeler les premiers
temps de votre mariage. Laissez-moi être aussi
heureux que vous l'avez été. (*M. et madame Plumassard attendris se regardent et se serrent la main.*)

MADAME PLUMASSARD, *après un temps.*

Plumassard, je me suis conduite comme une sotte. C'est toi le père, c'est à toi de décider; si tu ne veux pas, c'est que tu auras de bonnes raisons.

PLUMASSARD.

Non, ma Suzanne, je n'ai pas de bonnes raisons, et toi?

MADAME PLUMASSARD.

Moi? Je veux que notre fils soit heureux, et qu'il rende à ses enfants ce que nous faisons pour lui!

CHARLES, *lui sautant au cou.*

Merci, mère. (*A l'oreille de son père en l'embrassant.*) Tu disais que ce serait difficile? Mais cela va tout seul!

PLUMASSARD, *s'essuyant le front.*

Tu crois ça? Eh bien, tu te trompes... Où donc est Louise?

CHARLES, *vivement.*

Je vais la chercher.

PLUMASSARD, *le retenant.*

Non, attends... (*appelant*) Louise!

MADAME PLUMASSARD, *triomphante.*

Eh bien, si nous quittons le pays à présent, y a-t-il des gens qui vont être vexés!

SCÈNE VIII

Les mêmes, LOUISE.

LOUISE.

Que désirez-vous, madame?

MADAME PLUMASSARD.

Louise, mon fils vous aime et veut vous épouser.

LOUISE, *tremblante.*

Je comprends, madame. J'aurais dû lui défendre de vous dire... je m'en vais... (*Elle veut sortir.*)

PLUMASSARD.

Bon! la voilà qui s'en va, à présent! Mais non, Louisette!

MADAME PLUMASSARD.

Oui, Louise, nous voulons bien, à moins que vous ne vouliez pas; mais cela ne se peut pas.

CHARLES, *vivement.*

N'est-ce pas, Louise, il est impossible que vous me refusiez; vous ne pouvez pas avoir l'âme si orgueilleuse... Ah! vous pleurez? Louise, ma chère femme!

(*Plumassard se mouche.*)

MADAME PLUMASSARD, *émue.*

Embrassez-moi, ma fille. Nous ferons un sort
à vos petites sœurs, nous les mettrons en
apprentissage.

LOUISE, *vivement.*

En apprentissage, loin de moi? Madame, cela
ne se peut pas, j'ai promis à ma mère de ne
jamais les quitter.

MADAME PLUMASSARD, *contrariée.*

Comment! vous ne voulez pas qu'on leur fasse
du bien, qu'on leur enseigne un état honorable?

LOUISE, *avec douceur.*

Pardon, madame, je sens que vous me trouvez ingrate. — En effet, — un jeune homme
comme M. Charles ne peut pas épouser une fille
pauvre chargée de famille et de devoirs... Quand
il m'a dit qu'il m'aimait et que vous consenti-
riez, j'ai eu un moment d'éblouissement... J'en
suis punie, je m'en vais. (*Charles essaye de la retenir, elle détourne la tête et plie son ouvrage dans
la corbeille.*)

MADAME PLUMASSARD.

Mais c'est de la folie! Pourquoi ne voulez-
vous pas qu'on mette les petites en apprentissage? (*Louise secoue la tête tristement sans répondre.*)

PLUMASSARD, *grave, tirant sa femme à part.*

Je le sais, moi : elle a raison. Si notre fille avait vécu, l'aurais-tu mise en apprentissage?

MADAME PLUMASSARD, *vivement.*

Notre fille? par exemple!

PLUMASSARD.

Eh bien, alors? (*Madame Plumassard baisse la tête.*)

CHARLES, *désespéré.*

Père, elle s'en va, elle ne veut pas m'entendre. Je l'aime, moi! Retenez-la, dites-lui quelque chose! (*Il essaye d'attirer Louise, qui résiste.*)

MADAME PLUMASSARD, *après un moment d'hésitation.*

On ne peut pourtant épouser trois femmes au lieu d'une!

PLUMASSARD, *très-grave.*

Elle te l'a dit elle-même tout à l'heure...il n'y a qu'une chose à faire, elle la fait, elle s'en va!

CHARLES, *désespéré, se laisse tomber sur une chaise.*

Louise! Louise! ah! vous n'avez pas de cœur, vous ne m'aimez pas!

LOUISE, *défaillante.*

Je vous aime, monsieur Charles, mais mon devoir passe avant mon amour. (*Elle veut passer.*)

MADAME PLUMASSARD, *se jetant au-devant d'elle.*

Restez, Louise, avec les petites, et tout.

LOUISE.

Madame, je ne veux être à charge à personne.
Je ne puis.

MADAME PLUMASSARD.

Mais c'est qu'elle est orgueilleuse, vraiment!
Allons, méchante fille, votre main! (*Elle l'amène
de force vers son fils.*) Charles, tu la corrigeras.
(*A Plumassard à part.*) Nous ne serons plus si
riches, mon ami.

PLUMASSARD.

Il y a bien un moyen d'arranger tout.

MADAME PLUMASSARD.

Voyons.

PLUMASSARD.

Ce pauvre Quivel... puisqu'il le demande... si
nous reprenions la boutique?... non, le magasin!

MADAME PLUMASSARD.

Sais-tu que j'y pense depuis ce matin? mais
j'avais crié si fort : « Je ne veux pas! » que j'étais
honteuse de t'en parler... Eh bien, enfants, êtes-
vous contents?

LOUISE.

Ah! madame...

MADAME PLUMASSARD.

Il est cinq heures, allez chercher les petites

et amenez-les ici, nous dînerons tous ensemble.

PLUMASSARD.

Si nous venons à bout de trouver de quoi
dîner.

CHARLES, *regardant à droite.*

Voilà Caroline qui rentre.

MADAME PLUMASSARD.

Eh bien, nous dînerons sur les neuf heures du
soir. En attendant, Charles, va faire un tour
avec Louise, tu en meurs d'envie, et ça fera en-
rager les voisins. Drôle d'idée, tout de même,
que nous avons eue de vivre à la campagne!
n'est-ce pas, Charles?

CHARLES.

La campagne? n'en disons pas de mal,
puisque j'y ai trouvé une bonne petite femme...
et deux grandes filles toutes venues. Le proverbe
a raison de dire qu'on trouve le bonheur aux
champs.

MADAME PLUMASSARD.

Oui, à condition de l'emporter en ville! Et toi,
Plumassard, qu'en dis-tu?

PLUMASSARD.

Hé! hé! C'est amusant de tailler ses rosiers;

mais, bah! j'en emporterai un pour le tailler tout à mon aise, sur la fenêtre de notre chambre! Allons, c'est dit, nous rentrons dans les affaires!

CHARLES, *à Louise.*

Et nous, nous entrerons en ménage... Louise... (*Il l'emmène lentement.*)

Rideau.

CASSANDRE PENDU

OPÉRA-BOUFFE EN UN ACTE

1. Ouverture.
2. Chœur d'introduction.
3. Air de basse.
4. Chœur et ensemble.
5. Ariette ou rondeau de soprano.
6. Romance de soprano.
7. Romance de ténor.
8. Quartette.
9. Petit chœur.
10. Duo.
11. Trio.
12. Air de Cassandre (*basse*).
13. Marche funèbre (*ensemble*).
14. Chœur final.

PERSONNAGES

ISABELLE, soprano, fille de Cassandre.

ZERBINETTE, mezzo-soprano ou contralto, sa servante.

CASSANDRE, basse chantante, podestat.

LÉANDRE, ténor, amoureux d'Isabelle.

PIERROT, baryton, valet de Léandre.

L'HUISSIER, utilité.

UNE JEUNE FILLE.

UN GREFFIER, personnage muet.

*Chœur à quatre parties, hommes et femmes,
jeunes filles et garçons, villageois.*

CASSANDRE PENDU

OPÉRA-BOUFFE EN UN ACTE

La scène représente une place publique dans un village. A droite, la maison de Cassandre, ornée d'un beffroi avec sa cloche, dont la corde pend jusqu'à terre. Plus au fond, des arbres et le porche d'une église. A gauche, un poteau portant une planche destinée à coller les affiches.

SCÈNE PREMIÈRE

Au lever du, rideau, LES VILLAGEOIS ET LES VILLAGEOISES *se groupent sur la place. Plus tard,* CASSANDRE, *suivi d'un* GREFFIER, *et* L'HUISSIER.

CHŒUR DE VILLAGEOIS ET VILLAGEOISES.

Nous sommes convoqués par notre podestat,
Cassandre, chef de cet État,
En l'absence de notre maître.
—Que peut-il nous vouloir?
　　　　　—Nous allons le connaître.

4

Il vient, suivi d'un estafler
Et précédé de son greffier.
— Que ce noble appareil sied bien à sa prestance!
Qu'il est superbe et qu'il est beau!
— Sa glorieuse présence
Remplit nos cœurs d'espérance,
En lui nous avons confiance.
Gloire au seigneur de ce hameau!

CASSANDRE, *avec impatience.*

Votre respect me touche,
Mes chers vassaux. Hélas! ma bouche
Va prononcer des mots
Qui vous causeront bien des maux!
Je tiens à protester que ce n'est pas ma faute;
Mais vous ne tenez pas en estime assez haute
Les vertus, honneur du foyer...
Les vertus que...

(*Il s'embrouille.*)

Qui...

(*A part.*)

J'ai peur d'oublier

Mon discours...
(*Il fouille dans sa poche et retire un papier, puis
met ses lunettes.*)

Je le recommence!

(*Haut.*) Attention!

L'HUISSIER, *glapissant.*
Faites silence!
(Le chœur se range en demi-cercle.)
CASSANDRE, *monté sur une chaise, lit.*

Attendu que, depuis longtemps,
Depuis la naissance du monde,
On a beau veiller, à la ronde,
Malgré nos efforts vigilants...

(Il trébuche et descend de sa chaise.)
— C'est incommode, je descends.

(Il reprend le ton solennel.)

Malgré nos efforts vigilants,
Les filles de ces villages
Sont bien loin d'être sages,
Que les mœurs vont en déclinant,
Que les garçons, impunément,
Viennent courtiser nos fillettes,
Aussi folâtres que coquettes...

CHŒUR DE FILLES, *s'approchant.*

Oh! monsieur le podestat,
Nous n'avons pas mérité ça!
Si l'on peut dire!...

CASSANDRE, *avec dignité.*
Halte-là!

N'interrompons point la justice!
Il faut que l'arrêt s'accomplisse!

Je reprends...

     (Il reprend le premier ton.)

         ...Que notre police

Ne nous sert plus à rien du tout,

Nos gendarmes étant au bout

De leur rouleau ; — notre clémence

En un semblable cas serait de la démence !

     Il faut rétablir la vertu

Bon gré, mal gré !

     (Murmures dans la foule.)

LE CHŒUR.

Pourquoi ?

CASSANDRE, *se faisant un cornet de la main.*

     Je n'ai pas entendu.

UNE JEUNE FILLE.

A quoi bon, monsieur Cassandre ?

Tout va très-bien comme ça !

CASSANDRE, *indigné.*

O fille dépravée ! en un âge si tendre,

Vous osez !... Mais suffit, je termine ! Voilà

     L'arrêt auguste, irrévocable ;

     Le remède est épouvantable,

Mais le mal ne l'était pas moins.

     (Il prend une prise de tabac.)

Greffier, huissier, soyez témoins !

AIR :

Pour les causes ci-dessus
Et quelques-unes de plus,
Nous, Cassandre, juge suprème,
Avons arrêté ce qui suit :
— Tout jeune homme qui, la nuit,
Le matin, le soir, le jour même,
Sera pris en flagrant délit,
Courtisant une fillette,
Sur l'heure, avec ou sans enquête,
Sera pendu.

LE CHOEUR, *terrifié.*

Pendu !

CASSANDRE.

Pendu !
Car je crains le sang répandu.
Pendu, c'est plus propre; — et j'ajoute
Que la décision me coûte,
Car je vous aime tendrement,
Et puis, c'est très-contraire à mon tempérament !
Mais il fallait, pour ce mal,
Un remède radical.

LE CHOEUR, *plaintif.*

Arrêt détestable !
Quel sort déplorable !
Les plus jeunes et les plus beaux
Des jeunes gens de nos hameaux

4.

Seront de cet arrêt les premières victimes!
Que feriez-vous pour d'autres crimes?
Nous implorons votre amitié,
Monsieur Cassandre, ayez pitié!

CASSANDRE, *ému.*

Non, non, non! Je suis inflexible.
Ne me demandez rien, car j'ai le cœur sensible,
Et me voici déjà de vos chagrins navré.

(*Il s'essuie les yeux et se mouche. Reprenant
le ton doctoral.*)

De plus, — de plus, j'ajouterai
Que les mères imprudentes
Ne sont guère vigilantes,
Et qu'il est juste de punir
Les parents qui laissent courir
De si grands dangers à leurs filles!
Pour rétablir dans les familles
L'honneur et la sévérité,
Mes enfants, j'ai donc ajouté,
— Car il convient d'être équitable, —
Que les parents de la coupable
Seront également pendus!

LE CHŒUR, *ensemble.*

O dieux justes! tout éperdus,
Nous implorons votre clémence!
Bon podestat!

L'HUISSIER, *glapissant.*
            Faites silence!
LE CHOEUR, *un ton plus bas.*

Bon podestat, pardonnez-nous,
Et nous promettons à genoux...

LES JEUNES FILLES.

Nous, d'être toujours vertueuses,
Nous ne serons plus amoureuses
Jamais, jamais! Si les garçons
Osent venir, nous leur dirons :
            Non, non!

LES GARÇONS.

Nous, monsieur le podestat,
Ne commettrons plus le noir attentat
    De rôder autour des fillettes;
    Lorsqu'elles seront coquettes,
    Quand elles nous souriront,
    Nous leur ferons affront.
            Affront!

LES PARENTS.

Nous, podestat, pères et mères,
Serons horriblement sévères.
De loin, nos enfants nous fuiront,
        Ils trembleront
    Et nous redouteront...

        CASSANDRE, *inflexible.*
        Non! non!

SCÈNE II

LES MÊMES, ISABELLE, *sortant de la maison.*

ISABELLE.

ARIETTE :

Qu'entends-je, mon père?
Un arrêt sévère
Que vous prononcez?
Quel est le coupable
Du crime effroyable
Que vous punissez?

CASSANDRE.

L'amour!

ISABELLE.

O mon père,
On n'a sur la terre
Que peu d'heureux jours.
Laissez la jeunesse
Savourer l'ivresse
Des jeunes amours.

CASSANDRE.

Tais-toi!

ISABELLE.

Je proteste...
Avec tout le reste

Des gens de chez nous.
Faut-il nous défendre
De jamais prétendre
Au nom d'un époux?

CASSANDRE.

Mais non!

ISABELLE.

Laissez les fillettes
Être un peu coquettes
Et faire leur choix!
O mon tendre père,
Soyez moins sévère,
Écoutez ma voix.

CASSANDRE.

Laissez-moi! Les lois sont formelles,
    (Au greffier.)
Collez l'arrêt sous les tonnelles,
Dans les bosquets, partout enfin
Où se cache le dieu malin
Que nous traquons dans ses retraites...

LES JEUNES FILLES, *reprenant le chœur.*

Nous ne serons plus coquettes! (etc.)

LE CHŒUR. (*Reprise.*)

Bon podestat, pardonnez-nous! (etc.)

CASSANDRE, *impatienté.*

Allez au diable!

L'HUISSIER, *qui a fini de coller les affiches.*
Faut-il?...

CASSANDRE, *en colère.*

Allez au diable, tous!

(Il rentre dans sa maison, le chœur se disperse
en chantant.)

———

SCÈNE III

ISABELLE, *seule.*

Pauvres gens, leur chagrin m'afflige.
Je crains que mon père n'exige
Beaucoup trop, car ce qu'il veut
Est au delà de ce que l'on peut.

ROMANCE :

Autrefois, chez ma marraine,
Moi, j'aimais aussi :
Celui qui cause ma peine
Est bien loin d'ici,
Et de ma tendresse vaine
Il n'a point souci.

Oui, j'aimais le beau Léandre ;
Il me regardait

Sans rien dire, et son air tendre,
    Muet, me charmait,
Mais je n'ai pas su comprendre
    Combien il m'aimait.

J'ai fui, folâtre, oublieuse,
    Et depuis ce jour
Je demeure soucieuse...
    Hélas! sans retour,
Pour être trop orgueilleuse,
    J'ai perdu l'amour!

SCÈNE IV

Pendant la romance d'ISABELLE, LÉANDRE et PIERROT sont entrés par la gauche. ZERBI-NETTE, sans les voir, accourt par la droite.

ZERBINETTE.

Mademoiselle!
    (*A part.*) La voilà
Qui gémit et se désespère.
(*Haut.*) Venez, nous trouverons par là,
Peut-être, de quoi nous distraire.
Allons, allons, aucun chagrin

No vaut la peine qu'on en pleure !
Venez, moi je trouve à toute heure
A rire du soir au matin.

ISABELLE, *reprenant sa romance.*

Je demeure soucieuse ;
　　Hélas ! sans retour,
Pour être trop orgueilleuse,
　　J'ai perdu l'amour.

(*Elle se dirige vers la maison, Léandre l'arrête au passage, Pierrot saisit Zerbinette par la taille.*)

LÉANDRE.

Non, l'amour est là qui t'appelle !

ISABELLE.

Ah ! Léandre !

LÉANDRE.

　　Chère Isabelle,
Enfin, je vous retrouve ici !

ZERBINETTE, *à Pierrot.*

Eh quoi ! tu nous cherchais aussi ?

PIERROT.

Adorable Zerbinette,
Je mets mon cœur à vos pieds ;
Et j'ai tant couru... coquette,
Que je n'ai plus de souliers.
Nous avons battu les routes,
La police et les voleurs...

ZERBINETTE, *lui riant au nez.*

Pour nous retrouver?

PIERROT.

Tu doutes,

Ingrate, de nos malheurs?

LÉANDRE, *à Isabelle.*

ROMANCE :

Oui, j'ai cru, sans Isabelle,
Que je pourrais vivre et mourir;
Aux cris de mon cœur rebelle,
J'ai voulu lutter et souffrir,
Fort de mon orgueil solitaire!
Mais l'amour, plus puissant que les rois de la terre,
M'a vaincu!... Me voici repentant devant vous;
Isabelle, quand je soupire,
Vous détournez vos yeux si doux...
Regardez-moi, daignez sourire
A votre amant soumis, confus à vos genoux!

ISABELLE.

Pourquoi m'avez-vous délaissée?

ZERBINETTE, *à Pierrot.*

Pourquoi ta chère fiancée,
La Zerbinette que voici,
A-t-elle dû chercher un amant moins transi?

5

PIERROT, *style de grand opéra.*

Ciel! je frémis! Que va-t-elle m'apprendre?

ZERBINETTE, *riant.*

Ne dois-tu pas, mon cher, t'attendre

A tout ce que tu méritas?

PIERROT, *feignant de s'évanouir.*

Tout?... Je suis mort! hélas! hélas!

(Zerbinette le ranime en le secouant.)

LÉANDRE.

(Second couplet de la romance.)

Croyant votre cœur insensible

A mes vœux, à mes tendres soins,

J'ai recherché l'oubli paisible

Loin des lieux de mes maux témoins.

Mon âme, un instant égarée,

Emportait au désert votre image adorée,

Elle m'a ramené repentant devant vous.

Isabelle, quand je soupire,

Vous détournez vos yeux si doux!

Regardez-moi, daignez sourire

A votre amant soumis, confus à vos genoux !

QUARTETTE.

LÉANDRE *et* PIERROT.

Au bonheur d'aimer

Laissez-vous conduire!

ZERBINETTE, *à Pierrot.*

Tu vas me séduire.

ISABELLE, *à part.*

Il va me charmer!

LÉANDRE, *seul.*

Cette courte vie
A si peu d'attraits,
Et s'en va suivie
De tant de regrets!

PIERROT, *à Zerbinette.*

On a tant de peine
A se retrouver!

ISABELLE.

Son amour m'entraîne!

ZERBINETTE.

Il me fait rêver.

LÉANDRE.

Belles, dans vos âmes
Laissez s'allumer
Les divines flammes
Du bonheur d'aimer!

ENSEMBLE :

Au bonheur d'aimer
Laissons-nous } conduire,
Laissez-vous

Laissons-nous }
Laissez-vous } séduire,

Laissons-nous }
Laissez-vous } charmer !

nos }
Belles, dans } âmes,
vos }

Laissons }
Laissez } s'allumer·

Les divines flammes
Du bonheur d'aimer.

(Les amants sont groupés deux par deux, aux extrémités de la scène.)

SCÈNE V

Les mêmes, CASSANDRE *sort de chez lui et reste stupéfait à la vue des deux couples.*

CASSANDRE, *style de grand opéra.*
Oh! spectacle d'horreur! Qu'ai-je vu? Je m'abuse!
PIERROT.
Que nous veut cette vieille buse,
Avec ses airs effarouchés?

ZERBINETTE.

C'est le maître, tais-toi !

PIERROT.

Prenons des airs penchés !
Saluons avec grâce et faisons-nous connaître.
(*Il s'approche de Cassandre et le salue.*)
Monsieur, je suis Pierrot, valet ; voici mon maître,
Le beau Léandre, et nous...

CASSANDRE.

Arrêtez, malfaiteurs !
D'un horrible forfait trop malheureux fauteurs !

LÉANDRE.

Un forfait, monsieur ? Moi ? J'adore votre fille
Et j'implore l'honneur d'entrer dans la famille.

CASSANDRE, *saluant.*

Vous êtes fort poli, jeune homme, je le vois ;
Mais tantôt la justice a parlé par ma voix,
Et vous êtes, messieurs, pris devant ma demeure
Flagrante delicto, donc pendus dans une heure !

PIERROT *et* LÉANDRE.

Pendus ? nous ?

CASSANDRE.

Nécessairement.

LÉANDRE.

Allons donc ! la plaisanterie
Manque de sel...

PIERROT.

Absolument!

CASSANDRE, *ému.*

Plaisanter, moi? Croyez-vous que je rie
En pensant au fatal moment?...
Si jeunes et si beaux! C'est fâcheux, et j'en pleure.
(*Il se mouche.*)
Mais il le faut!

ZERBINETTE.

Quoi! pendus?

CASSANDRE.

Dans une heure.
(*Il sonne la cloche, les villageois et villageoises
accourent.*)

———————

SCÈNE VI

LES MÊMES, LE CHOEUR, LE GREFFIER,
L'HUISSIER.

CASSANDRE, *au greffier et à l'huissier.*
Saisissez ces deux criminels.
Ils seront la première offrande
A nos principes immortels.

LE CHOEUR.

Allons, allons, qu'on se rende
Sans tarder à la prison !
Surtout, pas de raison,
  Pas de résistance !

ISABELLE.

Livrés sans défense
Au trépas ; — jeunes, amoureux,
Qu'ont-ils fait ? Ah! c'est affreux !
Mon père, vous êtes sensible :
Laissez-vous fléchir !

CASSANDRE.

            Impossible !
La loi parle, il faut obéir.
  (Lorgnant Léandre, qu'on emmène.)
Il est très-bien, monsieur Léandre;
J'aurais été flatté de le nommer mon gendre!
J'en suis fâché! fâché !

ISABELLE.

            Dieux, je me sens mourir
  (Zerbinette la soutient.)

CHOEUR.

Allons, allons, qu'on se rende
Sans tarder à la prison.
Vous êtes la première offrande
A la justice, à la raison.   *(Ils sortent).*

SCÈNE VII

ZERBINETTE, ISABELLE.

DUO.

ZERBINETTE.

On va me pendre mon Pierrot !.

ISABELLE.

Ils vont immoler mon Léandre.

ZERBINETTE, *amèrement*.

C'est l'inspiration d'en haut
Qui visita monsieur Cassandre!
Que veut-il dire avec sa loi?
Il a surpris la bonne foi
De ces amants sans méfiance,
Et voilà, pour leur récompense,
Qu'il veut les pendre! Ah! mais...

ISABELLE.

             Tais-toi!

Cassandre n'est-il pas mon père?

ZERBINETTE.

Cela ne le rend pas meilleur.

ISABELLE.

S'il t'entendait? Crains sa fureur.

ZERBINETTE.

Je me moque de sa colère.

Qu'il ose se montrer! Je vais lui faire voir

Zerbinette au désespoir.

Il faudra bien qu'il s'en souvienne!

Je ne crois pas qu'il y revienne!

REPRISE DU DUO.

On va me pendre mon Pierrot.

ISABELLE.

Faut-il voir mourir mon Léandre?

ENSEMBLE.

J'attends tout mon secours d'en haut :

Dieux tout-puissants, daignez m'entendre!

Si la jeunesse et si l'amour

Peuvent toucher la destinée,

Nos amants, payés de retour,

Tournant leurs vœux vers l'hyménée,

Toucheront peut-être les dieux.

Notre prière monte aux cieux!

Conservez-nous le beau Léandre,

Dieux tout-puissants, daignez m'entendre :

J'attends tout mon secours d'en haut!

ZERBINETTE.

Gardez-moi mon tendre Pierrot!

5.

ISABELLE.

Conservez-moi mon beau Léandre !

ZERBINETTE, *qui a lu les affiches avec soin.*

Allez donc ! C'est tout entendu :
Pierrot ne sera pas pendu !
Il a trop d'esprit, et je gage
Qu'au nez de qui l'a mis en cage,
Il cherche un moyen d'en sortir,
Et finira par réussir.

ISABELLE.

N'en crois rien ! La chose est certaine.
Je mourrai fille et dans la peine.

ZERBINETTE.

Moi pas ! J'en jure ma vertu,
Pierrot ne sera pas pendu.

ISABELLE.

REPRISE DU DUO.

On veut te pendre ton Pierrot.

ZERBINETTE.

On va pendre votre Léandre !
C'est bien triste ! Mais le plus sot
De l'affaire est monsieur Cassandre !
Car...

SCÈNE VIII

LES MÊMES, CASSANDRE.

CASSANDRE.

Vous m'osez insulter?

Pécore!

ZERBINETTE, *affectant la politesse.*

Puis-je insulter la justice?

Et d'ailleurs, si près de votre supplice,

Qui donc aurait le cœur de plaisanter?

CASSANDRE.

Mon supplice? Tu veux dire

Celui de ton bon ami?

ZERBINETTE.

Monseigneur, savez-vous lire?

Eh bien, lisez cet écrit.

(Elle le conduit devant l'affiche collée au poteau.)

Vous êtes, du moins, on le dit,

L'heureux père d'Isabelle...

CASSANDRE, *qui ne comprend pas.*

Eh bien?

ZERBINETTE.

Eh bien, mademoiselle

Héritera sans tarder

De vos biens : j'ose ici recommander

A vos bontés votre servante!

(Elle lui fait la révérence.)

Qui depuis si longtemps vous sert fidèlement.

Couchez-moi, s'il vous plaît, sur votre testament,

Et je prierai les dieux pour vous.

(Elle lui fait une seconde révérence.)

CASSANDRE.

                Ciel! l'épouvante

Me fait hérisser les cheveux!

ZERBINETTE, *avec une révérence.*

Ou rendez-nous nos amoureux.

TRIO.

ISABELLE.

Mon père, je vous en supplie,

Renoncez à cette folie!

Vous ne pouvez tenir, vraiment,

  A cette loi meurtrière;

  Déchirez ce document

  Et rendez-moi mon amant,

En même temps que mon père.

CASSANDRE.

La loi me tient suspendu

Sur l'abîme!... Être pendu,

C'est un sort peu désirable,

Mais le saint respect des lois
Prime tout, et je ne vois
Pas de salut acceptable.

ZERBINETTE.

Monsieur Cassandre, Pierrot
Ne veut pas faire le saut
Périlleux dans l'autre vie.
Brûlez donc tous vos papiers,
Délivrez nos prisonniers,
Et plus de mélancolie !

ENSEMBLE.

O sort cruel !
Sur ton autel,

Justice, { on nous / je m' } immole !

Que l'avenir

Vienne { punir / bénir }

{ Cette loi cruelle et folle !
{ Mon respect de ma parole !

ZERBINETTE, *à Cassandre.*

Oui, les dieux ont puni
Votre cruauté, je vous verrai pendre
Avec grand plaisir, et je vais attendre
Pour bien m'assurer que tout est fini.
(Pendant qu'elle parle, Cassandre sonne la cloche.)

SCÈNE IX

Les mêmes, LE CHOEUR, LÉANDRE et PIERROT, *gardés par* LE GREFFIER et L'HUISSIER.

CASSANDRE, *au chœur*.

AIR :

Les dieux ont prononcé : votre bon podestat
        Va vous donner un noble exemple :
    Au livre d'or de cet État
Inscrivez mes vertus ; faites-moi faire un temple
Pour honorer mon action d'éclat.
        Père d'une fille coupable,
Je suis frappé par l'arrêt redoutable
        Que ce matin j'ai rendu,
    Et vous allez me voir pendu.

LE CHOEUR.

Pendu, grands dieux !

CASSANDRE, *désignant Léandre et Pierrot.*

                En bonne compagnie.
    La société choisie
De ces messieurs fait compensation
    A mon malheur.

PIERROT, *levant les bras au ciel.*

            O consolation !

CASSANDRE.

Il nous faut un cortége magnifique;
Conduisez-nous au gibet en musique.
Songez, mes chers enfants, en ce triste moment,
     Que je vous aime tendrement.
     Je fus juste, quoique sévère,
     Bref, de vous tous je fus le père.

MARCHE FUNÈBRE :

LE CHŒUR *se met en marche, escortant les trois con-
damnés. On porte les insignes de Cassandre sur
un coussin. Le cortége héroï-comique fait plusieurs
fois le tour de la scène. Musique de pompiers sur
le théâtre.*

     Célébrons la fin magnanime
     De Cassandre podestat.
     Cassandre, noble victime,
     Donna l'exemple à l'État.
     Célébrons sa vertu modeste,
     Célébrons son esprit et le reste,
     Son grand cœur et sa vertu...
     Célébrons Cassandre pendu.

CASSANDRE, *ému, arrête le cortége pour le haranguer.*

     Je suis tout ému de joie et d'orgueil.
     Ah! mes amis, c'est un beau deuil
     Que celui d'un peuple qu'on aime!

LE CHOEUR, *reprenant sa marche.*

Célébrons la gloire extrême
De ce martyr de son devoir,
Cassandre, pendu par lui-même,
Pour faire à tous ses sujets voir
Que les hauts faits sont bien faciles
Quand la corruption des villes
N'a point entamé la vertu...
Célébrons Cassandre pendu.

PIERROT, *à Léandre.*

Monsieur, c'est pour tout de bon!
Ce ridicule barbon
N'en veut faire qu'à sa tête.
Si j'avais une escopette...

LÉANDRE.

Laisse donc, j'ai trouvé, je crois,
Un moyen de le convaincre,
Et s'il est sourd, cette fois,
Nous ne nous laisserons pas vaincre
Sans combattre et sans nous venger.
(*A Cassandre. Le cortége s'arrête.*)
Monsieur, sans vous désobliger
Pourrais-je prendre la parole?

CASSANDRE, *solennel.*

A ceux qui vont mourir on ne refuse rien.

LE CHŒUR.

Très-bien parlé! très-bien, très-bien!

LÉANDRE.

Tout ceci n'est pas d'une gaieté folle!
Vous ne voulez pas retirer
Votre loi... Je dois honorer
Ce scrupule d'une belle âme;
Mais quand on veut prendre pour femme
La jeune fille...

CASSANDRE.

Hélas! ce jeune homme est borné!
Je vois qu'il a peine à comprendre...
   (Haut.)
Mais, monsieur, puisqu'on va vous pendre,
   Le différend est terminé.

LÉANDRE.

Oui, monsieur, j'ai compris! Mais une loi nouvelle
   Qui me donnerait l'aimable Isabelle
   Porterait : « Sera pardonné
   Le délit, quand la jeune fille,
   En épousant son séducteur,
   L'admettra, faisant son bonheur,
   Au sein de sa famille. »

CASSANDRE.

Une loi nouvelle!... Ah! mes chers amis,
   C'est une idée! Il est permis,

Sans toucher aux lois vénérables,
D'en faire d'aussi respectables,
Mais ordonnant tout l'opposé...
Ce projet fortement basé
Sauverait mon cou de la corde,
Et mon gendre est charmant... C'est dit : je vous
  Cette loi que vous réclamez. [accorde
(On lui apporte une chaise, il monte dessus.)
Sans toucher aux arrêts ci-dessus proclamés,
  Auront leur grâce entière
  Les coupables et le père
  Si le mariage a lieu
  Sans tarder!

ISABELLE.

Ah! mon Dieu,
La joie est rendue à mon âme!

LÉANDRE.

Isabelle sera ma femme!

CASSANDRE.

Tout de suite! Allons, mes enfants,
Faites retentir l'air de vos chants triomphants.

PIERROT, *à Zerbinette.*

J'ouvre le bec, l'air pur m'inonde,
Nous revenons de l'autre monde!
De moi n'auras-tu pas pitié?

ZERBINETTE, *lui tendant la main.*

Baise la main de ta moitié.

PIERROT, *au public.*

Voir pendre un podestat est chose délectable.
Pierrot souvent regrettera
Ce plaisir rare et profitable,
Mais cela se retrouvera.

CHŒUR FINAL :

Vite, allons, qu'on $\left\{ \begin{array}{c} \text{nous} \\ \text{les} \end{array} \right\}$ marie.

Conduisez à la mairie
Ces jeunes et beaux époux,
Et que la foule empressée,
Sur leur passage amassée,

$\left. \begin{array}{l} \text{Leur} \\ \text{Nous} \end{array} \right\}$ prophétise un destin des plus doux.

Rideau.

MA TANTE

COMÉDIE EN UN ACTE

PERSONNAGES :

MAYRAN.
STÉPHANIE.

MA TANTE

COMÉDIE EN UN ACTE

Un salon de campagne; maison riche et bien tenue.
Porte au fond; fenêtre à droite. — Une après-midi d'été.

SCÈNE PREMIÈRE

MAYRAN, *seul.*

MAYRAN *entre, un sac de voyage à la main; on entend*
aboyer dans la coulisse.

Drôle de maison, que la maison de ma tante!
Pour tout portier, un chien, — très-méchant,
mais attaché, ce qui fait compensation. Pas de
domestiques, toutes les portes ouvertes... Il faut
croire que les naturels, dans ce pays-ci, postu-
lent tous pour le prix Montyon! Enfin, me
voilà entré, c'est déjà quelque chose. Il ne
s'agit plus que de trouver la princesse de ce
château enchanté... Cela me fait un effet sin-

gulier d'être chez ma tante!... Lui dire : « ma
tante », c'est encore plus singulier. Ah!...
quelqu'un. (*Il reprend son sac, qu'il avait déposé.*)

SCÈNE II

MAYRAN, STÉPHANIE.

STÉPHANIE.

Un étranger! Pardon, monsieur, comment se
fait-il?...

MAYRAN.

Bonjour, ma tante.

STÉPHANIE, *surprise.*

Ma tante!...

MAYRAN.

Vous n'êtes pas très-bien gardée... Il n'y a
qu'un chien...

STÉPHANIE.

Ma tante? Cette plaisanterie n'est pas de très-
bon goût, monsieur : voudriez-vous me dire...

MAYRAN.

Édouard Mayran, votre neveu, ma tante, —

par alliance, — qui revient du Tonkin et se met
à vos pieds.

STÉPHANIE.

Comment, c'est vous? Je ne vous aurais pas
reconnu! En effet, pourtant... mais vous avez
coupé votre barbe!

MAYRAN.

En vieillissant!... L'âge a ses exigences : il
faut bien paraître plus jeune à mesure qu'on l'est
moins!.. Et... votre santé est bonne, ma tante?

STÉPHANIE.

Je vous remercie... J'ai éprouvé un grand
chagrin depuis que... depuis votre départ.

MAYRAN.

Un chagrin! Lequel?

STÉPHANIE.

Mais celui de perdre, il y a un an, mon
mari, le meilleur des hommes. N'en étiez-vous
pas informé?

MAYRAN.

Si fait, si fait! mon pauvre oncle! J'ai appris
cette triste nouvelle en route, il y a trois mois,
et, aussitôt arrivé en France, je me suis hâté de
venir ici pour...

STÉPHANIE.

Pourquoi?

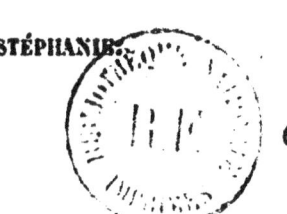

6

MAYRAN.

Pour vous voir... Je sais aussi que mon oncle m'a déshérité, en vous instituant sa légataire universelle. Il a fort bien fait! Je n'ai jamais su employer mon argent, tandis que vous... Mais je ne crois pas qu'il ait eu l'intention de me refuser toute marque de souvenir.

STÉPHANIE.

Bien loin de là! Je voulais précisément vous écrire à ce sujet.

MAYRAN.

Vraiment? Je suis heureux de vous avoir épargné cette peine. Je voulais vous demander quelque bagatelle qui ait appartenu à mon oncle, un portrait, n'importe quoi... Il a été pour moi un véritable père, — et je crains de lui avoir causé du chagrin...

STÉPHANIE.

Ce n'est que trop vrai!... Il est facile de vous satisfaire, monsieur...

MAYRAN.

Pardon... je vous appelle « ma tante! »

STÉPHANIE, *souriant avec une nuance de condescendance.*

Soit... mon neveu. Mais à ce que je prévois, notre conversation sera longue : est-il néces-

saire (*lui montrant son sac*) que vous conserviez
à la main ce petit objet?

MAYRAN.

Non, sans doute, ma tante. (*Il dépose le sac à
terre.*)

STÉPHANIE.

Mais du tout, du tout!

MAYRAN.

Il faut le reprendre?

STÉPHANIE.

Pas davantage. Vous me restez bien vingt-
quatre heures, d'autant plus que la voiture qui
vous a amené dans ce pays perdu ne repasse que
demain.

MAYRAN.

Je suis complétement à votre disposition, ma
tante. Alors, veuillez m'indiquer un endroit où
je puisse déposer ce petit meuble.

STÉPHANIE, *souriant*.

Moi, c'est impossible... Qui vous a fait entrer?

MAYRAN.

Personne! Un chien, — un très-gros chien,
— a voulu m'en empêcher.

STÉPHANIE.

Et le portier?

MAYRAN.

Je n'ai vu que le chien.

STÉPHANIE, *riant.*

Voilà comme on est servi! Vous avez dû rencontrer du monde sur la route?

MAYRAN.

Une véritable fourmilière.

STÉPHANIE.

C'est cela! Ils sont tous allés à la fête du village : j'avais prié mon portier et ma femme de chambre de rester; mais je viens de m'apercevoir que celle-ci était partie; il paraît que l'autre...

MAYRAN.

S'est fait remplacer par le chien!

STÉPHANIE.

Il faut donc que vous soyez votre propre guide... Allez par là, vous trouverez un grand corridor, à gauche, avec une demi-douzaine de chambres : il y en a de toutes les couleurs. Choisissez la nuance qui vous conviendra, installez-vous, et revenez me trouver. J'ai bien des choses à vous dire. (*Mayran s'incline et sort.*)

———

SCÈNE III

STÉPHANIE, *seule.*

STÉPHANIE.

Sa tante!... C'est tout simple, puisque j'étais
la femme de son oncle. Le voilà donc revenu,
ce neveu voyageur, qui écrivait à mon mari de
si charmantes lettres où il n'était jamais question de moi, — que pour la forme... Pourquoi
avait-il quitté M. de Seilhac, qu'il aimait, et
pourquoi juste à l'époque de notre mariage? Je
l'avais vu dans le monde, il était très... très-
gentil avec moi... Et puis, tout à coup, je me
marie, il part!... Pourquoi? Jalousie de neveu?
Question d'héritage? Non, c'est impossible.
Alors... pourquoi? Je le lui ferai bien dire!

————

6.

SCÈNE IV

MAYRAN, STÉPHANIE.

STÉPHANIE.

Eh bien, monsieur, avez-vous trouvé votre
affaire?

MAYRAN.

Oui, ma tante! une belle chambre bleue, avec
des fenêtres prodigieuses, et des vitres en
losange, et des tapisseries à personnages. Il n'y
a pas de revenants?

STÉPHANIE.

En fait de revenant, je ne vois ici que vous.
(*Elle s'assied et indique un siége à Mayran.*) Puisque nous avons à parler sérieusement, dites-
moi, monsieur, pourquoi vous êtes parti si
subitement jadis, en causant à votre oncle un
chagrin réel. Répondez-moi sans détour, je
vous en prie, — si toutefois il n'y a pas d'indiscrétion de ma part.

MAYRAN.

Pardon... ma tante, je ne...

STÉPHANIE.

Il y a indiscrétion, paraît-il?

MAYRAN.

Non, au contraire... mais...

STÉPHANIE, *gracieusement*.

Je vous demande pardon, monsieur, n'en parlons plus. (*A part.*) Ah! vous ne voulez pas parler? Nous allons bien voir. (*Haut.*) Nous avons, du reste, un sujet de conversation plus important : vous n'ignorez pas, monsieur, que votre oncle vous a déshérité?

MAYRAN.

C'est par là, ma tante, que j'ai eu l'honneur de commencer notre entretien.

STÉPHANIE.

Mais ce que vous ne savez probablement pas, c'est que mon mari a eu des doutes sur l'équité de sa résolution : il vous aimait tendrement, monsieur...

MAYRAN.

Mon pauvre cher oncle! Pourquoi m'écrivait-il si rarement, si froidement?

STÉPHANIE.

Parce qu'il était justement froissé, — pardon si le mot vous semble dur, — froissé de votre abandon. Il vous avait élevé près de lui, il

comptait sur vous pour lui fermer les yeux...
Tout à coup, vous partez sans nécessité pour un
pays meurtrier...

MAYRAN, *se levant.*

N'était-ce pas le seul moyen de lui prouver
que j'avais profité de ses généreuses leçons?
Croyez-vous qu'il eût été fier de me voir solli-
citer une sinécure bien payée, où j'eusse pu
me reposer le soir de n'avoir rien fait de toute
la journée? Non, madame, lorsqu'on a été élevé
par un homme tel que mon oncle, et que, jusqu'à trente ans, on n'a rien fait qui vaille, — le
jour où la douleur vous fait rentrer en vous-
même, il n'y a qu'une chose à faire, c'est d'aller
chercher quelque part un moyen d'être utile,
ne fût-ce qu'un peu, et de prouver qu'on a
compris les leçons de son maître!

STÉPHANIE, *un instant émue.*

C'est bien, monsieur, c'est très-bien! (*Un
temps.*) Vous avez parlé d'une douleur qui vous
a fait rentrer en vous-même?

MAYRAN, *calmé.*

Je me serai trompé, madame... rien de pareil...

STÉPHANIE.

Pardon, c'est moi qui me serai méprise.
Puisque vos principes sont si bien d'accord

avec ceux que professait M. de Seilhac, je suis heureuse d'avoir à vous communiquer une nouvelle qui influera sans doute sur vos résolutions. Comme parente, puis-je vous demander quels sont à peu près vos projets d'avenir? Vous ne repartez pas immédiatement pour l'autre bout du monde?

MAYRAN.

Oh! non. Du moins, je ne pense pas. Mes projets? Je crois bien que je n'en ai pas du tout. J'ai bien quelques vagues idées, mais si vagues, si vagues, — et dont l'exécution ne dépend pas de moi.

STÉPHANIE, *piquée.*

Je suis vraiment d'une indiscrétion dont vous me voyez confondue! (*Mayran veut se défendre.*) Oh! je le vois bien, malgré votre politesse : — cependant, ce n'est pas la curiosité qui me guide, croyez-le bien, mais un intérêt autorisé par des liens de parenté...

MAYRAN.

Naturellement, ma tante, et je vous en remercie. La nouvelle que vous vouliez me communiquer influera, disiez-vous, sur mon avenir?

STÉPHANIE.

Très-probablement. Après de mûres ré-

flexions, votre oncle n'a pas voulu vous con-
damner sans appel, et c'est à moi qu'il a
commis le soin de juger si vous aviez ou non
pour lui l'affection sincère qu'il croyait mériter.

MAYRAN.

Comment cela?

STÉPHANIE.

Par une disposition secrète, dont seule j'ai
connaissance, il m'a chargée de vous remettre
une notable portion de sa fortune, si, à votre
retour, j'étais satisfaite de votre conduite envers
sa mémoire, — et envers moi-même.

. MAYRAN.

Mais alors, il ne m'a pas déshérité?

STÉPHANIE, *souriant.*

C'est-à-dire qu'il s'agit de savoir si je veux
ou non vous déshériter. Heureusement, je n'ai
pas besoin d'un surcroît d'abondance...

MAYRAN.

Permettez-moi de vous dire, madame, combien cette confiance de mon oncle en la noblesse
de votre caractère me rend sa mémoire plus
chère et votre personne plus respectable.

STÉPHANIE *s'incline légèrement.*

Je n'ai pas de droits réels sur cette fortune,
et je suis prête à vous la remettre; mais

encore, pour me conformer à l'intention du donateur, faut-il que je sache un peu à quoi vous voulez l'employer.

MAYRAN, *à part.*

Qu'est-ce que je vais lui dire?... il faut bien répondre quelque chose!... (*Haut.*) Mon Dieu, ma tante... il y a cinq ans, — j'en avais trente, — je suis parti pour des courses aventureuses... Maintenant, si une modeste aisance me permet de me reposer, je profiterai de mes loisirs pour... pour continuer à étudier.

STÉPHANIE.

Tout seul?

MAYRAN, *à part.*

Tiens, une idée! (*Haut.*) Non... je ferai comme tout le monde... je me marierai.

STÉPHANIE.

Ah!... vous vous marierez?(*Un temps.*) Et... votre choix est fait?

MAYRAN.

Mon choix? Non. Je trouverai bien une femme douce et aimable; — il y en a — c'est rare, mais il y en a.

STÉPHANIE.

Un mariage sans amour?

MAYRAN, *la regardant à la dérobée.*

Mais on se marie souvent sans amour.

STÉPHANIE, *vivement.*

Oh! moi, j'avais dix-huit ans, — on ne m'a pas consultée... et, d'ailleurs, votre oncle... (*Elle s'arrête et se mord les lèvres.*)

MAYRAN.

Ce n'est pas des femmes que je voulais parler! Les trois quarts des hommes...

STÉPHANIE.

Voilà précisément ce qui est odieux! Les hommes se marient pour faire une fin, comme ils disent, et les pauvres femmes, réduites au rôle d'un objet de luxe, finissent par se laisser aller au courant, par cultiver le chiffon, — et on les accuse ensuite d'être frivoles!...

MAYRAN.

Mais...

STÉPHANIE, *nerveuse.*

Et c'est un mariage comme ceux-là que vous voulez faire?

MAYRAN.

Dame! je n'ai pas la prétention d'être aimé : je ne me reconnais pas digne...

STÉPHANIE.

On est toujours digne de l'amour de quelqu'un! Il ne s'agit que de chercher.

MAYRAN.

C'est bien difficile : — et puis, — il faut
avoir de la perspicacité, savoir deviner... et je
n'en ai pas du tout, oh! mais, du tout!

STÉPHANIE.

Et vous prendrez pour femme la première
demoiselle à marier?

MAYRAN.

Oh! non, pas la première! Il faudra d'abord
qu'elle soit jolie, et puis, qu'elle ait de l'esprit,
un aimable caractère... Je crois vraiment, ma
tante, que, sans votre secours, je ne trouverai
jamais une personne qui me convienne... Je ne
prendrai femme que de votre main.

STÉPHANIE.

De ma main! Vous donner une innocente enfant que vous rendrez malheureuse!

MAYRAN.

Oh! mais je vous jure qu'elle serait très-heu-
reuse!

STÉPHANIE.

N'importe! N'espérez pas mon concours pour
une si mauvaise action!

7

MAYRAN.

Mais, ma tante, tout le monde...

STÉPHANIE.

Tout le monde a tort! (*Mayran s'incline.*) Je puis faire mieux, du reste : vous vous mariez parce que votre modeste aisance devait vous permettre de ne plus travailler? Eh bien, je déclare que de telles intentions sont totalement contraires aux désirs de votre oncle...

MAYRAN.

Mais, ma tante, je ne tiens pas du tout...

STÉPHANIE.

Totalement contraires, vous dis-je, et je croirais manquer à sa mémoire si je trempais en quoi que ce soit dans de semblables machinations!

MAYRAN.

Mais je ne machine pas, ma tante. Je ne veux pas me marier, puisque cela vous contrarie...

STÉPHANIE.

Me contrarie? Et en quoi voulez-vous que cela me contrarie? Un monsieur qui revient de Chine, de Cochinchine, Dieu sait d'où! pour me demander de lui chercher une femme, sous prétexte qu'il est mon neveu... Vous n'êtes pas du tout mon neveu, après tout, monsieur Mayran!... Me contrarier! Mais tout ce que vous ferez m'est indifférent!... Seulement, je trouve singulier que, connaissant mes principes, vous veniez me demander de vous chercher une femme pour que vous la rendiez malheureuse! Je suis seul juge ici;—vous n'êtes pas digne des bontés de votre oncle, et, conséquemment, je refuse de vous livrer...

MAYRAN.

Mais, madame, je vous assure que vous n'avez pas compris.

STÉPHANIE, *sans l'écouter*.

C'est indigne! Les hommes n'ont pas de cœur!... Oh! monsieur Mayran, moi qui vous estimais tant! (*Elle sort; il veut la retenir, elle le lui défend du geste.*)

SCÈNE V

MAYRAN, *seul*.

MAYRAN.

Son argent!... J'en ai bien que faire! Ce qui est triste, c'est que je l'ai fâchée pour tout de

bon. J'ai été trop loin. Mais pouvais-je me dou-
ter que l'idée de mon mariage la mettrait si fort
en colère?... Au fait, pourquoi cela la met-elle en
colère?... (*Il regarde au fond.*) Disparue! je ne
peux pourtant pas aller la chercher dans son
appartement!... Que faut-il faire? M'en retourner
en Cochinchine, tout de suite?... A pied, puisque
la voiture ne repasse que demain? — Non, il y
a trop loin. (*Il s'assied.*) Qu'elle est charmante!
Bien plus charmante qu'il y a cinq ans! C'était
une jeune fille aimable, c'est une femme, une
vraie femme... M'en voilà plus épris que jamais!
C'était bien la peine de venir de si loin, pour me
faire mettre à la porte! Mon ami Mayran, ou tu
n'as pas de chance, ou tu n'es qu'un sot. Comment! tu as le bonheur d'avoir pour tante la
femme que tu aimes, — sans qu'elle soit ta tante,
comme elle te l'a très-bien dit; tu peux te faire
apprécier, tout doucement, et dès la première
heure, tu trouves moyen de te faire renvoyer
par la femme et déshériter par la tante! Au
diable l'héritage! Mais elle... je ne puis la quitter sur cette impression. Je vais lui écrire. (*Il
s'assied et écrit.*) Chère tante... Non... Madame,
je suis au désespoir de la méprise... Non, si je
lui dis qu'elle s'est trompée, elle ne me le par-

donnera jamais. (*Il déchire sa lettre et recommence.*) Madame, une imprudente plaisanterie... Ce n'est pas cela, elle croirait que je me suis moqué d'elle. (*Même jeu.*) Je vous proteste, Madame, que mon intention n'est pas de me marier. (*Il se lève.*) Qu'est-ce que je veux alors? Je ne sais plus ce que je dis ! (*Il se rassied et recommence.*) Je vous ai toujours aimée : il y a cinq ans je suis parti parce que... (*Il se lève avec colère.*) Impossible ! impossible ! Elle ne me croira plus ! Il fallait lui dire cela en entrant, avant de savoir qu'elle tenait ma fortune dans ses mains ! A présent, j'aurais l'air... (*Il reste un instant immobile.*) Allons, retourne en Cochinchine, mon ami, pars de ton pied léger, — et ne t'avise plus d'aimer personne; — cela ne te réussit pas. (*Un temps.*) Partir comme cela ? La laisser fâchée, sans qu'elle se doute seulement combien je l'ai aimée?... Bah ! faiblesse ! Allons. (*Il se dirige vers le fond. Stéphanie entre, un papier à la main.*)

SCÈNE VI

STÉPHANIE, MAYRAN.

STÉPHANIE.

Tout à l'heure, monsieur, je me suis laissé
entraîner et peut-être ai-je outre-passé les intentions de votre oncle. Ce qu'il voulait, c'est que
votre conduite envers lui fût digne de son affection; en ce qui me concerne, je ne puis exiger
autre chose que l'observation des bienséances...

MAYRAN, *l'interrompant.*

Si vous saviez, madame, combien ces questions d'intérêt me sont indifférentes! Je dirai
plus : cette fortune, je ne puis ni ne veux l'ac-
cepter.

STÉPHANIE.

Mais je ne puis, monsieur, ni ne veux la
garder.

MAYRAN.

Qui me prouve que cela n'est pas une fiction
de votre cœur généreux qui s'afflige de me
voir... comment dirai-je?... privé...

STÉPHANIE, *lui tendant le papier.*

Votre oncle avait prévu l'objection : tenez, monsieur.

MAYRAN, *le lui rendant après l'avoir lu.*

Il n'y a plus rien à dire, — mais je puis toujours refuser.

STÉPHANIE.

Non, monsieur, vous ne le pouvez pas sans me blesser profondément.

MAYRAN, *vivement.*

Dieu sait qu'une telle pensée est loin de mon cœur! Si je pouvais...

STÉPHANIE *l'examine un instant et s'assied.*

Alors, pour terminer cette affaire, — dites-moi, mon neveu, pourquoi vous avez quitté si brusquement la France? Ce point éclairci, nous serons les meilleurs amis du monde, si vous le voulez bien.

MAYRAN.

Si je le veux! Moi qui... Eh bien, non, maintenant je ne puis plus vous le dire.

STÉPHANIE.

Maintenant? Vous le pouviez donc autrefois?

MAYRAN.

Autrefois? Pas davantage. Il y a eu un mo-

ment... il est passé, — n'en parlons plus, je
vous en prie...

STÉPHANIE.

Pourquoi?

MAYRAN.

Parce que... Eh bien, non, je ne peux pas
non plus vous dire pourquoi.

STÉPHANIE.

Si c'est une plaisanterie...

MAYRAN.

Oh! madame!

STÉPHANIE.

Mais enfin, qu'est-ce que cela veut dire? Il y
a cinq ans, j'entre dans la famille, vous vous
enfuyez... Est-ce de la haine?

MAYRAN, *triste.*

Si c'eût été de la haine, je pouvais bien rester
là-bas; — vous ne seriez pas venue m'y chercher.

STÉPHANIE.

Alors, pourquoi ce mystère? Je n'y comprends
rien! Vous arrivez, je vous reçois, — je vous
reçois même très-bien, convenez-en, — la première chose que vous me dites...

MAYRAN, *simplement.*

C'est que je veux me marier.

STÉPHANIE.

Précisément ! (*Se reprenant.*) Je veux vous rendre ce qui vous est dû, — vous le refusez, et de quelle façon !

MAYRAN.

Si je vous ai offensée, c'est à genoux que je vous demanderai pardon. (*Il veut plier le genou.*)

STÉPHANIE, *calmée.*

Ce n'est pas la peine. — Mais enfin, monsieur, pourquoi êtes-vous venu? Que voulez-vous savoir de moi?

MAYRAN, *stupéfait.*

Comment, c'est moi qui veux savoir?...

STÉPHANIE.

Certainement! Sans cela, pourquoi seriez-vous venu?

MAYRAN, *s'inclinant, après un silence.*

C'est juste.

STÉPHANIE.

Dites-le enfin, qu'on le sache!

MAYRAN.

Vous voulez que je vous dise...

STÉPHANIE.

Oui, je veux savoir, — et j'en ai le droit, — pourquoi vous êtes parti et pourquoi vous êtes revenu.

7.

MAYRAN.

Ah ! c'est bien simple... Non, non, cent fois
non, je ne peux plus le dire.

STÉPHANIE.

C'est donc un secret inavouable !

MAYRAN.

Un secret, — oui ; inavouable, — non.

STÉPHANIE.

Eh bien, dites-le !

Mayran ne répond pas.

STÉPHANIE, *se levant.*

Je suis aux regrets, monsieur, d'une insi-
stance qui a dû vous paraître bien indiscrète.

MAYRAN.

Ah ! madame, si vous saviez quelle vénéra-
tion vous m'inspirez ! Que de fois j'ai voulu...
(*Il s'interrompt.*)

STÉPHANIE.

Eh bien ?

MAYRAN.

Non, tenez, il n'y a qu'une chose à faire, c'est
de m'en aller. Quand je serai retourné là-bas,
en Cochinchine, je vous écrirai ; — peut-être
viendrai-je à bout de me justifier.

STÉPHANIE, *blessée.*

Comme il vous plaira, monsieur; vous êtes libre.

MAYRAN *s'approche de la porte, puis revient.*

Madame, il y a cinq ans... (*Stéphanie se tourne vers lui; il aperçoit le papier qu'elle tient à la main.*) Non, c'est impossible, adieu, madame. (*Il sort.*)

SCÈNE VII

STÉPHANIE, *seule.*

STÉPHANIE *reste un moment immobile, puis marche vivement vers la porte.*

Mais c'est qu'il est parti! Oui, parti! (*Elle regarde par la fenêtre.*) Et sans que je sache seulement pourquoi il est venu! C'est indigne, — et cela n'a pas le sens commun. Tomber comme une bombe, et puis s'en aller, comme on est venu, sans crier gare, — mais c'est de la dernière inconvenance! (*Elle se promène avec agitation en se servant de son éventail.*) Le vilain personnage! Est-il assez désagréable! Et cette fortune dont il ne veut pas, — comme s'il était

riche! — qu'il me laisse sur les bras! Je vais
me venger, par exemple! J'écris à l'instant
même à mon notaire pour lui signifier que je
suis satisfaite. *(Elle s'approche de la table.)* Tiens!
il avait écrit. A qui? *(Elle rapproche les fragments
de papier.)* « Madame, je suis... » *(Elle cherche sur
la table.)* Ce n'est pas cela; l'autre moitié est perdue... En voici une autre : « Je vous ai toujours »... le morceau manque. Ah!... « Je suis
parti, parce que... » *(Elle cherche fiévreuse-
ment.)* Rien, rien! Il voulait me le dire. Ah! c'est
trop fort! *(Elle se promène en jouant avec son
éventail.)* Oh! mais c'est trop fort!... C'est un
monstre, un malappris... Je ne veux plus
entendre parler de lui! *(Elle frappe la table de
son éventail, et le brise.)* Mon bel éventail! *(Elle
le regarde avec émotion, et en jette les morceaux.)*
Qu'est-il venu faire ici? J'étais tranquille, heureuse... Je pensais bien qu'il reviendrait un
jour ou l'autre... et j'attendais avec patience... Ce
n'est pas ma faute, à moi, si mon mari me par-
lait toujours de lui, — et puis, il était si loin,
— je pouvais bien penser à lui... maintenant,
il revient exprès pour me faire de la peine, —
il veut se marier! — Il a menti, je suis sûre
qu'il aime une autre femme! — Oui, voilà ce

que c'est, il aime une autre femme!... Eh bien,
qu'est-ce que cela me fait? N'a-t-il pas le droit
d'aimer qui lui plaira, d'épouser qui il voudra?... Non, il n'en avait pas le droit, — puisque
je... je l'...

SCÈNE VIII

STÉPHANIE, MAYRAN, *debout sur le seuil, son
sac de voyage à la main.*

MAYRAN.

Adieu, madame.

STÉPHANIE *pousse un cri et se retourne.*

Ah! vous n'êtes pas parti?

MAYRAN.

Pas encore; avant de vous quitter, j'ai voulu
vous demander pardon de ma conduite.

STÉPHANIE, *sans le regarder.*

Vous prenez trop de peine. Qu'importe la
conduite d'un homme qu'on connaissait à peine
hier, qu'on ne doit plus revoir, — et qui n'a
pour vous... ni estime ni affection?

MAYRAN, *descendant un peu.*

Ni estime ni affection! Grand Dieu! si vous saviez...

STÉPHANIE, *avec colère.*

Mais dites-le donc!

MAYRAN, *descendant encore.*

Promettez-moi de donner cet argent aux hospices, et je vous dirai tout.

STÉPHANIE, *surprise.*

Aux hospices, deux cent mille francs?

MAYRAN.

Ah! c'est deux cent mille francs? Eh bien, tant mieux pour les hospices.

STÉPHANIE.

Une semblable somme, y avez-vous bien pensé?

MAYRAN.

Depuis que j'en suis menacé, je ne pense plus à autre chose... Vous le promettez?

STÉPHANIE, *après un instant d'hésitation.*

Vous me direz?

MAYRAN.

Tout.

STÉPHANIE.

Soit. Je le promets.

MAYRAN *jette son sac et s'approche vivement.*

. Maintenant que ce maudit argent ne me lie plus la langue, vous allez savoir. — Je suis parti, il y cinq ans, parce que je vous aimais. — Je suis revenu parce que je vous aime. Vous êtes riche, je ne suis qu'un pauvre diable, je n'ai rien pour être aimé... je m'en retourne. J'ai voulu vous voir, m'assurer que vous étiez satisfaite de votre destinée... Jeune, belle, veuve, vous trouverez le bonheur un jour ou l'autre, — je m'en vais tranquille. (*Sa voix se brise.*) Tranquille... et content...

STÉPHANIE, *maîtrisant son émotion.*

C'est tout ce que vous vouliez?

MAYRAN.

Ai-je droit à quelque chose de plus?... Vous êtes blessée de mon audace, c'est tout naturel; aussi... je vous en demande humblement pardon... C'est vous qui l'avez voulu... Je m'en vais. Adieu... ma tante... (*Stéphanie reste immobile; ils se tournent le dos.*)

STÉPHANIE *s'essuie les yeux. Un temps.*

(*A part.*) Puisqu'il veut s'en aller, je ne peux pourtant pas lui dire de rester! (*Un temps. Elle jette un coup d'œil de côté, s'assure qu'il n'est pas parti, puis reprend sa pose précédente.*)

MAYRAN, *très-ému.*

(*A part.*) Elle me déteste, c'est bien fait.
Pourquoi l'ai-je tant fâchée?... (*Haut.*) Ma
tante!...

STÉPHANIE, *se retournant.*

Vous êtes encore là?

MAYRAN, *faisant un pas vers la porte.*

Non... c'est-à-dire, je m'en vais.

STÉPHANIE, *sans le regarder.*

Qui vous dit de vous en aller?

MAYRAN, *transporté.*

Vous voulez que je reste?

STÉPHANIE.

Je ne veux rien du tout. Quand je vous
demande quelque chose, vous ne voulez pas me
le dire; — quand je ne vous le demande plus...

MAYRAN.

Vous êtes fâchée?

STÉPHANIE.

Qui vous dit que je sois fâchée?

MAYRAN.

Mais alors...

STÉPHANIE.

Alors... on ne vous dit pas de vous en aller...
voilà tout.

MAYRAN.

Dans ce cas, je reste... (*Lui prenant la main.*)
Vous permettez... ma tante?... (*Il lui baise la
main avec passion.*)

STÉPHANIE, *un peu confuse.*

Oui... mon ami...

Rideau.

L'OISEAU

PROVERBE EN UN ACTE

PERSONNAGES :

La princesse MÉRYEM.
Madame VÉRA DE RÉNOF.
MARIETTE, *sa femme de chambre.*

Accessoires :

Un grand ouvrage de tapisserie.
Une table de toilette, mobile.
Papiers grand format.
Une lettre.
Une aigrette de plumes, avec boucles en diamants.

Le costume de la princesse est un costume oriental avec robe longue et grand voile blanc en gaze ou mousseline. Madame de Rénof est blonde.

L'OISEAU

PROVERBE EN UN ACTE

La scène est dans une forteresse du Caucase, pendant la guerre de la soumission, 1850-60.

Un salon confortablement meublé à l'européenne. Porte au fond, porte à gauche, fenêtres ouvertes à droite : ces deux dernières en pan coupé.

SCÈNE PREMIÈRE

Madame VÉRA DE RÉNOF *et* MARIETTE, *qui achève de la coiffer.*

MADAME VÉRA, *examinant divers papiers.*

Tout va bien; tiens, Mariette, tu remettras ces paperasses à l'officier de service.

MARIETTE.

Madame ne veut pas le recevoir elle-même? Il en serait bien heureux, le pauvre homme!

MADAME VÉRA, *riant.*

Si heureux que cela?

MARIETTE.

Dame! en l'absence de son général, il aime
bien à voir sa générale, cet homme! Il a le culte
des grades : mon prince, mon colonel, mon
empereur! ça lui est égal, pourvu qu'il puisse
faire le salut militaire à une autorité quelconque.

MADAME VÉRA.

Ça, Mariette, c'est une opinion politique. Ne
faisons pas de politique! Dis-moi, y a-t-il des
malades dans cette forteresse?

MARIETTE.

Personne, sauf le caporal Dimitri, qui est un
peu indisposé.

MADAME VÉRA.

Celui-là? Il t'aura emprunté la clef de la cave.

MARIETTE, *minaudant.*

Oh! comment madame la générale peut-elle
supposer... un si bon caporal, et puis, il est si
aimable!

MADAME VÉRA.

C'est pourquoi tu le laisses t'accompagner à
la cave, et les vins de France ne lui conviennent
pas. Je te croyais le cœur français, Mariette.

MARIETTE.

Madame sait bien que le cœur n'a pas de

patrie... et surtout quand on est si loin de son pays, dans une forteresse inaccessible, où personne ne vient... M. le général absent...

MADAME VÉRA.

Hé ?

MARIETTE.

Je veux dire que, quand M. le général est ici, on s'amuse encore, parce qu'il a de l'esprit et qu'il aime à rire ; madame la générale aussi est plus gaie ; mais depuis qu'il est parti en expédition, laissant tous ses pouvoirs, ses pleins pouvoirs à madame,... madame entretient une discipline si sévère que, pour se désennuyer...

MADAME VÉRA.

On regarde le caporal ?

MARIETTE, *vivement.*

Oh ! non, madame, c'est lui qui me regarde.

MADAME VÉRA.

Écoute, Mariette, je ne t'ai pas ramenée de Paris jusqu'au sommet des montagnes du Caucase pour te faire faire les yeux doux par les soldats de la garnison, mais pour me coiffer, tu entends ?

MARIETTE.

Oui, madame, voilà, j'ai fini.

*Madame Véra marche distraitement dans la
chambre.*

MARIETTE, *finement.*

Madame s'ennuie?

MADAME VÉRA.

Qui vous dit cela? Est-ce que j'ai le temps de
m'ennuyer avec l'immense responsabilité du
commandement de cette place forte?

MARIETTE.

Ah! mon Dieu, c'est le général en chef qui
rirait, s'il savait que madame s'est fait nommer
commandante par son mari!

MADAME VÉRA.

Et pourquoi rirait-il?

MARIETTE.

Un commandant en jupons...

MADAME VÉRA.

Hein?

MARIETTE.

Non pas que madame s'acquitte mal de ses
fonctions, au contraire, mais...

MADAME VÉRA.

Cela m'amuse, et je pense que ça suffit.

MARIETTE.

Certainemént, madame!

MADAME VÉRA.

Et puis, quel mal cela peut-il faire? Nous sommes aussi perdus ici qu'au milieu de l'Océan, et à moins que les Lesghises ne viennent nous attaquer...

MARIETTE.

Ils seraient bien reçus! madame tire joliment le fusil de chasse, et, d'ailleurs, nous sommes imprenables. (*Elle va à la fenêtre.*) Ah! madame!

MADAME VÉRA.

Eh bien?

MARIETTE.

Voilà le courrier, madame, avec un convoi de provisions; il monte la côte, dans cinq mi-nutes ils seront ici... Il y a peut-être des lettres de France! Je vais voir... (*Elle sort vivement.*)

SCÈNE II

MADAME VÉRA, *seule.*

MADAME VÉRA.

Quelle petite folle! Mais honnête et dévouée, malgré son caractère indépendant... Ça, c'est le

8

défaut général des Français, ils n'en font qu'à
leur tête... J'espère que je vais avoir une lettre
de mon mari! C'est qu'il avait l'air de sourire
quand, sur mes instances, il m'a remis ses pouvoirs en partant.« Le capitaine vous secondera,
ma chère. » — Je l'ai réduit à néant, son capitaine! Quand je lui permets de m'entrevoir, il
soupire comme une flûte antique! Mon mari me
devait bien cela, car elle a raison, Mariette, on
ne s'amuse pas ici, et si j'ai quitté Pétersbourg
pour m'enfermer au bout du monde avec lui,
c'est une preuve d'amour que je lui ai donnée...
et puis aussi, un peu de jalousie... je suis furieu-
sement jalouse... Mais c'est un secret. Je me
demande pourquoi Paul n'a pas voulu m'emmener en expédition... Il a prétendu que je le
gènerais. Quelle idée! Est-ce qu'une femme
peut gêner son mari?

SCÈNE III

Madame VÉRA, MARIETTE, *avec une lettre.*

MARIETTE.

Une lettre autographe de S. Exc. M. le

général, commandant la forteresse de Rizane.

MADAME VÉRA, *lui prenant la lettre.*

Donne donc! (*Elle décachette la lettre.*)

MARIETTE.

Madame... (*Mystérieusement.*) Il y a une dame dans la cour.

MADAME VÉRA.

Une dame! dans la cour? Tu rêves, Mariette! Et par où serait-elle venue?

MARIETTE.

Par la route, madame! Elle était dans une de ces grandes voitures du convoi. Les soldats disent que c'est une prisonnière.

MADAME VÉRA.

Une prisonnière? Quelle fantasmagorie! Prisonnière de qui?

MARIETTE, *mystérieusement.*

Du général! Ils disent que c'est sa part de butin.

MADAME VÉRA.

Sa part de butin! Eh bien, c'est joli! Quelle folie! Voyons la lettre. « Ma chère Véra, je vous adresse par ce convoi la princesse Méryem, que nous avons faite prisonnière après un combat sanglant. C'est une capture très-importante, que nous échangerons un jour contre quelqu'un des nôtres; je la recommande à vos bons soins, persuadée que vous lui offrirez une hospitalité aussi large que le permettent les lois de la captivité. A bientôt, je vous embrasse. » Voilà une vraie lettre d'affaires... comme dans *Ruy Blas*: « Madame, il fait grand vent, et j'ai tué six loups »; pas un mot aimable. Ah! si, il m'embrasse à la fin, dans le parafe... ce qui me touche infiniment. Fi! le vilain mari!

MARIETTE.

Il est certain que, pour un mari, le mari de madame...

MADAME VÉRA.

Vous vous permettez d'écouter?

MARIETTE.

D'entendre seulement madame.

MADAME VÉRA.

Tâchez de n'entendre que ce qu'il faut. Allez me chercher cette dame, elle attend... Est-elle jolie?

MARIETTE, *haussant les épaules.*

Peuh! Elle est brune.

MADAME VÉRA.

Eh bien, il y a des brunes qui sont très-jolies.

MARIETTE.

Peuh ! je préfère les blondes. (*Elle sort en courant.*)

MADAME VÉRA, *riant.*

La drôle de soubrette que j... là !

———

SCÈNE IV

MADAME VÉRA, *puis* MÉRYEM *et* MARIETTE.

MADAME VÉRA.

Qu'est-ce que c'est que cette prisonnière? Quelle langue parle-t-elle? Ce serait drôle si nous étions réduites à nous faire la conversation par gestes ! (*La princesse voilée entre et s'arrête sur le seuil en saluant à l'orientale. Mariette la suit.*) Soyez la bienvenue, princesse, ce foyer vous sera hospitalier... Vous n'êtes pas chez une ennemie... Vous êtes chez une femme qui ne vous veut que du bien... (*Mariette s'approche de la table et jette un coup d'œil curieux sur la lettre qui y est restée. La princesse salue encore une fois.*)

8.

MADAME VÉRA, *prenant Mariette à part.*

Mariette, sais-tu si elle parle russe ?

MARIETTE, *quittant la table.*

Elle parle français, madame, j'aime mieux
ça. (*A part.*) J'entendrai tout !

MADAME VÉRA.

Mariette, laissez-nous. (*Mariette sort en mur-
murant.*) Entrez, madame, ôtez votre voile, nous
sommes seules.

SCÈNE V

MADAME VÉRA, MÉRYEM.

MÉRYEM, *levant son voile.*

Vous êtes bonne, madame... mais la prison...

MADAME VÉRA.

Il n'est pas question de prison ici, vous êtes
en visite... un peu forcée, chez une femme du
monde... Pardonnez à ma curiosité : vous savez
le français, par quel hasard ?

MÉRYEM.

J'ai eu une institutrice française.

MADAME VÉRA.

Au fond de votre harem géorgien? C'est charmant, vous êtes Circassienne, — je suis Russe, et nous parlons français! On prétend que c'est le commerce qui est le lien des nations? Pas du tout, c'est la langue française. Dans cette langue-là il n'y a plus d'ennemis! N'ayez pas l'air si sombre, je vous en prie.

MÉRYEM.

Je suis captive entre vos mains, madame, soyez clémente, mon père était roi hier encore; ne m'humiliez pas.

MADAME VÉRA.

Fi donc! En humiliant les vaincus, on s'humilie soi-même!

———

SCÈNE VI

LES MÊMES.

MARIETTE apporte une aigrette de plumes avec un diamant.

MARIETTE.

Voici un bijou qui appartient à madame la

princesse. Un des hommes de l'escorte l'a trouvé
dans la voiture.

MÉRYEM.

A moi? (*Elle tressaille.*) Ce bijou... en effet, il
m'appartient. (*Avec joie.*) Ah! oui, il m'appartient... et j'y attache un prix tel que vous ne
pouvez vous l'imaginer!...

MADAME VÉRA.

Vous y teniez beaucoup? Je suis bien aise
qu'on l'ait retrouvé. Qu'est-ce que c'est?

MÉRYEM.

C'est l'aigrette que nos jeunes princes portent
à leur bonnet.

MADAME VÉRA.

C'est un souvenir?

MÉRYEM.

Oui — et une espérance.

MADAME VÉRA.

Les femmes portent aussi ces choses-là?

MÉRYEM.

Quelquefois. (*Elle attache l'aigrette et s'approche
de la fenêtre. A part.*) C'est lui qui me l'envoie,
il m'a suivie, il est là, sans doute. Ah! (*Elle se
retire précipitamment.*)

MADAME VÉRA.

Qu'avez-vous?

MÉRYEM.

Rien... le vertige, — ce ravin escarpé...

MADAME VÉRA.

Mariette, ferme la fenêtre. (*Mariette reste à la fenêtre et regarde au dehors.*)

MÉRYEM.

Oh! non, je vous en prie... j'ai besoin d'air.

MADAME VÉRA.

Désirez-vous quelque chose, des rafraîchissements?...

MÉRYEM.

Non, madame, je vous remercie... Veuillez excuser la liberté de mes paroles, mais la seule chose dont j'aie besoin, c'est un peu de repos et de solitude.

MADAME VÉRA.

Comme il vous plaira; nous aurons le temps de nous revoir. Je vous laisse ma femme de chambre, qui est à vos ordres.

SCÈNE VII

MÉRYEM, MARIETTE.

MARIETTE, *défripant les vêtements de Méryem.*

Ne pleurez pas, madame... ou mademoiselle.

MÉRYEM, *distraite.*

Mademoiselle.

MARIETTE.

Je m'en doutais, mademoiselle a l'air trop affligé, une dame serait plus calme; mademoiselle doit avoir laissé quelque part un jeune homme qui l'aime tendrement.

MÉRYEM, *hautaine.*

Qui vous permet... ?

MARIETTE.

Parce que le jeune homme a suivi mademoiselle... J'ai pensé tout de suite que ça ne pouvait pas être son mari.

MÉRYEM.

Vous l'avez vu? taisez-vous.

MARIETTE.

Pourquoi donc?

MÉRYEM.

Parce que vos soldats le fusilleraient.

MARIETTE.

Ah! mon Dieu, ce serait bien dommage. Un si joli jeune homme, car il est joli... je l'ai vu tout à l'heure dans le ravin, avec des petites moustaches noires... Il se cache très-mal, vous savez.

MÉRYEM.

C'était pour être aperçu de moi.

MARIETTE.

Il pourrait bien l'être par d'autres que par vous. Heureusement, nos sentinelles n'y songent pas! Dites-moi donc, mademoiselle, sans vous commander, pourquoi êtes-vous prisonnière?

MÉRYEM.

Les Russes veulent prendre notre pays, nous voulons rester indépendants; on s'est battu, mon père vaincu s'est enfui avec mon fiancé! Et moi, je n'ai pas pu me sauver, mon cheval s'est abattu, vos soldats m'ont prise.

MARIETTE.

Et vous voilà en cage! Oh! soyez tranquille, on ne vous y gardera pas longtemps: on vous échangera.

Qui vous l'a dit?

MARIETTE.

Monsieur l'a écrit à madame. j'ai lu la lettre.
Si mademoiselle voulait la voir...

MÉRYEM.

Écoutez, Mariette, si vous dites à votre mai-
tresse que vous avez vu mon fiancé, on le tuera...

MARIETTE.

Il n'y a pas de danger que je fasse fusiller
un homme, mon Dieu! Il n'y en a pas de trop sur
la terre, faut croire, puisqu'il y a tant de demoiselles qui meurent vieilles filles. Soyez sans
inquiétude, mademoiselle, je ne dirai rien du
tout. Et puis, suffit que vous avez du chagrin,
on ne voudrait pas augmenter votre peine!
Mais n'approchez pas trop de la fenêtre; ce
pauvre monsieur! il se ferait canarder comme
un lapin pour le plaisir de vous regarder! (*Elle
sort.*)

————

SCÈNE VIII

MÉRYEM, *puis* Madame VÉRA.

MÉRYEM.

Elle a raison, je n'ose le regarder, je crains de lui inspirer quelque imprudence... il est là, certainement il n'est pas seul... il a des chevaux cachés quelque part, autrement il n'aurait pu nous suivre... la liberté est de l'autre côté de ce ravin étroit, et, faute d'une corde pour descendre, faute d'une clef pour ouvrir la porte, je vais me consumer ici des jours, des mois, des années peut-être... Ah! mon bien-aimé!... (*Elle pleure.*)

MADAME VÉRA *entre doucement.*

Vous ne dormez pas, princesse?

MÉRYEM.

Non, madame. (*Elle s'essuie les yeux.*)

MADAME VÉRA.

Du chagrin? C'est un enfantillage, puisque je vous ai assuré que vous ne courez aucun danger! Je crois même pouvoir vous promettre que votre captivité ne sera pas de très-longue durée. Voyons, soyez raisonnable!

MÉRYEM.

Vous ne savez pas tout ce que je souffre.

MADAME VÉRA.

Eh! mon Dieu, c'est toujours la même
chose! Vous n'allez pas me dire que vous re-
grettez beaucoup votre harem, — et votre mari,
— et les autres femmes de votre mari...

MÉRYEM.

Je ne suis pas mariée.

MADAME VÉRA.

Un fiancé, alors? Votre chagrin est plus ex-
cusable, car vous ne connaissez pas les désillusions...

MÉRYEM.

Les désillusions? Ah! madame, ne me parlez
pas de cela, n'ôtez pas à celle qui ne peut plus
voir son fiancé, la joie d'espérer qu'elle en sera
toujours aimée. Ne faites pas mon âme prisonnière! N'est-ce pas assez de mon corps?

MADAME VÉRA.

Pauvre petite! Ah! quand elle sera mariée à
un général qui partira pour des expéditions,
sans vouloir l'emmener, et qui l'embrassera dans
le parafe au bas de sa lettre!... Enfin, ne l'at-
tristons pas avant le temps.

MÉRYEM *s'approchant doucement.*

Vous aimez?

MADAME VÉRA.

Oui, mon mari.

MÉRYEM.

Il vous aime?

MADAME VÉRA.

J'espère bien!

MÉRYEM.

Si l'on vous séparait de lui, sans espoir de le revoir, que feriez-vous?

MADAME VÉRA.

Je n'en sais rien, mais je plains ceux à qui j'aurais affaire.

MÉRYEM.

Ayez pitié de ceux qui aiment!...

MADAME VÉRA.

Ah! certes! les malheureux!

MÉRYEM.

Et soyez-leur compatissante...

MADAME VÉRA.

Mais je ne demande pas mieux! Voyons, puis-je quelque chose pour vous?

MÉRYEM.

Vous pouvez tout. Si j'étais seulement au pied de cette muraille, je serais sauvée! Je

connais les chemins... je trouverais peut-être
dans la forêt quelqu'un de nos serviteurs qui
m'aurait suivie...

MADAME VÉRA.

C'est-à-dire que vous êtes sûre d'y trouver une
escorte. Mais, chère princesse, c'est tout bonnement impossible, ce que vous me demandez.

MÉRYEM.

Puisque c'est vous qui commandez ici, m'a-
t-on dit?

MADAME VÉRA.

Vous oubliez que j'y remplace mon mari, et
qu'il vous a confiée à moi. Je réponds de vous.

MÉRYEM.

Quel bien cela peut-il faire à votre gouver-
nement que je souffre et que je pleure ici?...

MADAME VÉRA.

Oh! pas ici. On vous enverra à Pétersbourg,
soyez-en sûre.

MÉRYEM.

C'est cent fois pis encore! Madame, je vous
en supplie, rendez-moi la liberté!

MADAME VÉRA.

Vous m'affligez! c'est impossible.

MÉRYEM, *irritée*.

Je sauterai par cette fenêtre, plutôt que de...

MADAME VÉRA.

Vous m'obligerez à mettre une sentinelle au pied de la muraille, car je ne pourrais me consoler de voir un accident arriver à une si belle personne.

MÉRYEM, *se tordant les mains.*

Impitoyable !

MADAME VÉRA.

Chère princesse, votre peu de raison gâte tout le plaisir que je m'étais promis de votre séjour ici. Nous aurions pu nous amuser, vous m'auriez appris une quantité de choses intéressantes, et voilà que vous m'obligez à une sévérité que je déplore, — et qui m'ennuie! Je préfère vous laisser seule un instant, jusqu'à ce que vous soyez revenue à des sentiments plus pratiques. Mais de peur de quelque folie de votre part, je commets ma femme de chambre à votre garde, afin que vous ne tentiez plus de vous envoler par cette fenêtre comme un oiseau.

(*Elle sort. Mariette entre à sa place.*)

SCÈNE IX

MÉRYEM, MARIETTE.

MARIETTE, *après un temps.*

Eh bien, mademoiselle, vous n'avez pas été
sage? (*Méryem fait un mouvement de colère qu'elle
réprime.*) Vous avez voulu attendrir madame?
Ah! si vous m'aviez demandé mon avis, je vous
l'aurais bien déconseillé! Elle a du caractère,
madame! Son mari dit que c'est de l'entête-
ment... il doit s'y connaître, il a fait des études;
mais madame appelle ça du caractère.

MÉRYEM, *subitement.*

Mariette, voulez-vous m'aider à fuir? Je vous
donnerai tout ce que vous voudrez; j'ai des bi-
joux, mon fiancé a de l'or... vous retournerez
en France...

MARIETTE.

Ah! fi donc, mademoiselle la princesse! Pensez-vous que je trahirais ma maîtresse pour de
l'argent? Par amitié, je ne dis pas... si c'était
possible...

MÉRYEM.

Eh bien, Mariette, par amitié! Je t'aurai une éternelle reconnaissance! Je me souviendrai de toi à tout moment! Quand je serai mariée avec mon mari, nous songerons à toi à toute heure, et nous dirons : Cette bonne Mariette, nous lui devons le bonheur!

MARIETTE.

Ce serait bien gentil, et ça me ferait bien plaisir... mais il n'y a pas à y songer, voyez-vous! Madame a du caractère, je vous l'ai dit; elle en a assez pour me faire fusiller... ah! mais oui, très-bien, elle en serait fâchée après, mais moi j'en serais fâchée avant. Elle ne ferait pas de mal à une mouche, en temps ordinaire; mais depuis qu'elle se figure être le commandant de la forteresse, elle est, sur la discipline, d'une sévérité!...

MÉRYEM.

J'en mourrai de chagrin.

MARIETTE.

Eh! mon Dieu, c'est toujours ce mot-là qu'on dit d'abord, et puis on s'y fait. Bien sûr, ce fiancé-là, c'est votre premier?

MÉRYEM.

Mon premier fiancé? Certes, et, s'il plaît à

Dieu, il sera le seul homme qui ait vu mon visage!

MARIETTE.

Ah! oui, chez vous autres mahométans, c'est vrai, on ne montre pas sa figure, c'est dommage, car enfin... mais c'est votre premier amoureux, toujours, ce joli monsieur-là... Ne regardez pas par la fenêtre; je lui ai fait signe tout à l'heure de s'en aller, il a très-bien compris...

MÉRYEM.

Il est parti?

MARIETTE.

Non, il est resté; et maintenant qu'avec votre idée d'attendrir madame, vous lui avez donné des soupçons, on ne sait pas ce qu'elle peut se mettre dans la tête en fait de devoir militaire...

MÉRYEM.

Vous me faites trembler!

MARIETTE.

Alors, ne regardez pas par la fenêtre, et écoutez-moi. Mon premier amoureux, à moi, c'était quand j'avais quinze ans; il me disait de si jolies choses, derrière le pressoir, que je serais bien restée toute la journée à l'entendre. Mais ma mère était sévère et ne m'en laissait pas le temps, Dieu merci! Une dame de l'endroit m'a emmenée à Paris, et quand j'ai parlé de partir, si vous l'aviez vu pleurer, le gueux! Il pleurait comme une pomme d'arrosoir! Et « ma petite Mariette, je t'épouserai quand tu reviendras », et « ma petite Mariette, je t'aime tant, embrasse-moi un petit peu avant de t'en aller ». — Enfin, maman veillait et nous empêchait de causer... Quand je revins, dix mois après, qu'est-ce que vous croyez que je trouvai?

MÉRYEM.

Il était marié?

MARIETTE.

Il était père! Père d'un gros garçon et marié aussi, d'ailleurs. Si je l'avais écouté : « Ma petite Mariette, je t'épouserai... » Enfin, c'est loin, mais ai-je pleuré! Ai-je assez pleuré, comme une bête que j'étais... Voilà mon premier fiancé à moi, mademoiselle, — il n'était pas prince, c'est vrai, mais je crois bien... Enfin, je me suis dit que les hommes, — ça n'est pas la peine de se faire du chagrin pour eux, et voilà! On vous emmènera à Pétersbourg, vous y rencontrerez un bel officier de la garde, vous l'épouserez, vous deviendrez coquette, vous montrerez au

9.

bal votre joli visage, et vos épaules, et vos bras,
et un beau morceau de votre dos, et vous trouverez que la vie a encore du bon.

MÉRYEM.

Jamais!

MARIETTE.

Nous verrons bien ! Telle que vous me voyez,
j'ai pris mon parti de l'existence : si je mets la
main sur un brave garçon, je ne dis pas que je
ne l'épouserai point... il ne faut jurer de rien...
mais faire tourner les hommes comme ça...
autour de son petit doigt..., ça a bien son prix !
Et ça n'est pas si difficile !

MÉRYEM.

Dites-moi, Mariette, est-ce que le général
reviendra bientôt? J'aurais peut-être plus de
chances de l'attendrir...

MARIETTE.

Sur le chapitre du devoir militaire? N'y
comptez pas. Sur l'autre... ça serait peut-être
moins difficile, mais madame la générale est
d'une jalousie forcenée... et ça fait des dangers
d'une autre espèce.

MÉRYEM.

Elle est jalouse ?

MARIETTE.

Comme un diable ! Au point qu'elle fait sortir M. le général pendant que je la coiffe, afin qu'il ne me voie pas... Elle ne veut pas l'avouer, mais elle est jalouse de moi ! elle le sera de vous, elle l'est de tout le monde !

MÉRYEM, *souriant.*

Tiens, elle est jalouse !

MARIETTE.

Vous avez l'air de trouver ça drôle ? Eh bien, et vous, si on vous enjôlait votre fiancé, avec ses moustaches noires ?

MÉRYEM, *gravement.*

Je trouverais cela abominable ! Mariette, entendez-vous ? Allez dire à madame la générale que je suis revenue à la raison et que je désire lui présenter mes excuses pour mon incartade de tout à l'heure.

MARIETTE.

Ouais ! Vous avez changé d'idée ? Dites donc, au moins, pendant que je ferai votre commission, vous n'allez pas vous envoler par la fenêtre ?

MÉRYEM.

Soyez sans inquiétude, je n'en ai nulle envie. (*Mariette sort. Méryem s'approche de la fenêtre et*

envoie deux baisers au dehors, puis elle revient vite-
ment en scène, avec un sourire malicieux.)

SCÈNE X

MÉRYEM, Madame VÉRA, MARIETTE.

MÉRYEM.

Chère madame, j'ai fait de sages réflexions...
d'ailleurs, vous avez une soubrette pleine de
philosophie, qui m'a donné les meilleurs conseils, et vous me voyez disposée à les suivre. Je
regrette de vous avoir adressé tantôt des instances...

MADAME VÉRA.

Comment donc, chère princesse, mais rien
n'était plus naturel ; j'espère que vous ne m'en
voulez pas de mes refus ? (*Méryem fait signe
que non.*) J'en suis charmée ; il ne nous reste
plus qu'à nous entendre pour passer agréablement notre temps ; je pense que mon mari ne
tardera pas à revenir ; il décidera alors de votre
sort ; mais si vous devez nous quitter, soyez

assurée, princesse, que j'en éprouverai le plus
vif regret...

MÉRYEM, *avec une révérence.*

Madame, tous les regrets seront pour moi, je
vous prie de le croire. (*Elles se saluent.*) Vous
avez là une tapisserie de toute beauté ! C'est vous
qui faites cette petite merveille ?

MADAME VÉRA.

Mon Dieu, oui, princesse, à mes moments perdus... quand le général, absorbé par ses devoirs, me laisse seule !... Aimez-vous la tapisserie ?

MÉRYEM.

Je l'adore. Voudrez-vous me permettre de
faire quelques points ? J'y suis assez habile.

MADAME VÉRA.

Ce sera beaucoup d'honneur pour mon ouvrage. (*Marielle présente à Méryem ce qu'il faut
pour broder ; les deux femmes s'asseyent et travaillent.*) Vous avez vu mon mari ?

MÉRYEM.

Dans la journée d'hier. C'est à lui que je fus
conduite après ma capture, et je n'oublierai
jamais la bonté, la générosité qu'il m'a témoi-
gnées alors. Le général est un vrai chevalier,
madame, un preux...

MADAME VÉRA, *négligemment.*

Il est aimable... quand il veut. Je suis bien
aise qu'il ait su l'être envers vous. D'ailleurs,
l'humanité seule...

MÉRYEM.

L'humanité n'ordonnait pas toutes les re-
cherches délicates que le général a su réunir
pour adoucir ma situation... Figurez-vous que
pour me faire un asile, — il n'avait pas de
tente, il a dépouillé lui-même sa capote militaire; avec celle-là et celles de ses officiers, il
m'a fait un abri improvisé où j'ai pu échapper
à la curiosité des regards...

MADAME VÉRA, *piquée.*

C'est du dernier galant. Il en attrapera peut-
être une fluxion de poitrine, (*à part*) et ce serait
bien fait !

MÉRYEM.

Rassurez-vous, madame, il n'a pas souffert
de la fraîcheur de la nuit; pendant les heures
les plus froides, il a partagé cet abri, et nous
avons causé de vous.

MADAME VÉRA, *vexée.*

C'est bien de la bonté de votre part, je vous
en remercie infiniment. Votre entretien a duré
longtemps?

MÉRYEM.

Jusqu'au jour. Il m'a aussi parlé de la vie de Pétersbourg et des plaisirs de la cour... Je vous assure que le temps ne m'a pas semblé long.

MADAME VÉRA.

Je vous crois. — Mariette, une aiguille.

MARIETTE.

Madame a cassé la sienne? Je me disais aussi : Madame fait des mouvements si brusques, je m'étonne que son aiguille y résiste.

MADAME VÉRA, *brusquement.*

C'est bon, attendez qu'on vous parle. — Et le général, cet aimable général, parle-t-il de revenir ici prochainement?

MÉRYEM, *placide.*

Il m'a assuré qu'il ferait tous ses efforts pour hâter son retour. Il ne perdra pas une minute.

MADAME VÉRA.

C'est fort beau de sa part. D'ordinaire, il n'apporte pas tant d'empressement.

MÉRYEM *sourit et joue avec la soie.*

Il trouve peut-être que sa maison lui offre plus d'attraits...

MADAME VÉRA.

Comment?

MÉRYEM, *très-calme.*

...que la vie en plein air... Vous êtes souf-
frante, madame?

MARIETTE, *passant près d'elle, bas.*

Ne l'agacez donc pas, je vous ai dit qu'elle a
du caractère, mais je ne vous ai pas dit que ce
fût du bon.

MÉRYEM *sourit sans lever les yeux.*

Pardon, madame, vous excuserez une question indiscrète que mon ignorance complète de
vos usages peut seule motiver : Combien, chez
vous, un mari peut-il avoir de femmes?

MADAME VÉRA.

Mais... une seule ! Vous trouvez que ce n'est
pas assez?

MÉRYEM.

A notre point de vue, c'est fort sage. Alors,
vous jouissez des bienfaits du divorce?

MADAME VÉRA.

Quelquefois, — cela arrive... (*A part.*) Où
veut-elle en venir?

MÉRYEM.

Je comprends alors. C'est très-bien orga-
nisé.

MADAME VÉRA.

Vous trouvez? Qu'en savez-vous?

MÉRYEM.

Eh! madame, au point de vue philosophique, n'est-il pas très-naturel, quand on est las d'un genre de vie, d'en chercher un autre mieux approprié à vos goûts? Les caractères ne peuvent qu'y gagner, la tranquillité règne dans les familles...

MADAME VÉRA.

Je ne comprends pas du tout, mais pas du tout, chère princesse. Si vous vouliez vous expliquer?

MÉRYEM, *discrètement.*

J'ai trop parlé, je vois..., excusez mon ignorance... Je me renfermerai désormais dans les bornes d'une inexorable discrétion.

MARIETTE, *à part.*

Est-ce que notre général?... Oh! par exemple, voilà qui serait drôle!...

MADAME VÉRA, *impatientée.*

Je vous supplie, au contraire, d'être aussi indiscrète que possible; que signifient ces questions de mariage et de divorce?

MÉRYEM, *discrètement.*

Mettez-les, madame, sur le compte d'un ar-

dent désir de m'instruire des coutumes de votre
pays.

MADAME VÉRA.

Est-ce... est-ce mon mari qui vous en a parlé?
(*Méryem se tait.*) Est-ce mon mari? Voyons, répondez!

MÉRYEM.

La parole est d'argent, le silence est d'or!
C'est un proverbe oriental.

MADAME VÉRA.

Occidental aussi, je vous prie de le croire.
Qu'est-ce que mon mari vous a dit?... Je veux
le savoir.

MÉRYEM.

Est-ce à la visiteuse ou à la prisonnière que
vous adressez cette question, madame?

MADAME VÉRA, *après un temps.*

A qui vous voudrez, pourvu que vous ré-
pondiez.

MÉRYEM.

Les lois de l'hospitalité interdisent à la visiteuse de répondre.

MADAME VÉRA.

Eh bien, j'ordonne à la prisonnière de parler.
J'ordonne, vous entendez?

MÉRYEM *se lève et croise ses bras sur sa poitrine avec une fausse humilité.*

Le général a daigné jeter un regard favorable sur la prisonnière que le sort a fait tomber entre ses mains.

MADAME VÉRA.

· Et la prisonnière a daigné le lui rendre, ce regard favorable?

MÉRYEM.

Dans son abaissement, elle ne pouvait qu'être reconnaissante de cet honneur.

MARIETTE, *à part.*

Eh bien, et le fiancé? Voilà des moustaches noires bien mal en point.

MADAME VÉRA, *furieuse.*

Alors, le général se hâte de revenir ici pour... Allez, mademoiselle, vous devriez rougir... Et vous me dites cela, à moi?

MÉRYEM *reste les yeux baissés avec une fausse humilité.*

Vous avez ordonné à l'esclave de parler, elle a parlé.

MADAME VÉRA.

J'ai envie de vous faire exécuter à l'instant... vous m'avez insultée!

MÉRYEM, *toujours tranquille.*

Je suis un objet d'échange, — si vous me
faites tuer, quelqu'un des vôtres périra, en
représailles, et le général en répondra sur sa
tête.

MADAME VÉRA.

Eh! je me moque bien de la tête du général !...
(*Elle se promène avec agitation et se retourne vive-
ment.*) Je me demande pourquoi vous êtes venue.
J'étais bien tranquille.

MÉRYEM.

Hélas! madame, ce n'est pas pour mon plaisir, et s'il ne tenait qu'à moi..., mais mes
prières ont été vaines...

MADAME VÉRA, *frappée d'une idée, cherche une clef
à son trousseau.*

Écoutez, princesse, — vous avez une escorte
dans le bois, à ce que vous m'avez laissé entendre...

MARIETTE, *à part.*

Les moustaches noires, — nous y sommes!
Oh! la rusée! Elle m'y a trompée !

MADAME VÉRA.

Mariette! va conduire madame à la petite
porte qui donne sur le ravin. (*A Méryem.*) Vous
êtes jeune, vous aimez la liberté, dites-vous, —

tâchez qu'on ne vous rattrape pas, — car je vous traiterais selon les lois de la guerre. Je vous souhaite un bon voyage. (*Méryem s'incline et suit Mariette.*)

SCÈNE XI

Madame VÉRA, *seule, puis* MARIETTE.

MADAME VÉRA.

Eh bien, il est joli, le général ! Une fille qu'il rencontre dans les bois, on ne sait où, et voilà qu'il lui fait une conférence sur le divorce... Qu'il coure après, s'il y tient tant, à sa prisonnière...; je vais lui faire une belle réception, à ce preux, à ce chevalier, qui ôte sa capote, — et qui n'aura pas seulement un rhume de cerveau ! Ah ! le ciel n'est pas juste ! (*Mariette entre.*) Te voilà déjà ?

MARIETTE, *regardant par la fenêtre.*

J'ai confié la prisonnière au soin du caporal Dimitri. Je vous assure, madame, qu'il n'a pas bu du tout, il marche droit comme un I, il la conduit de l'autre côté du ravin... elle lui donne sa bourse... Oh! il ne marchera pas si droit demain... (*Elle redescend.*) Et la voilà partie, hop! en croupe des jolies moustaches noires.

MADAME VÉRA, *avec humeur*.

Quelles moustaches noires ?

MARIETTE.

Son amoureux, qui l'attendait là en face! Vous ne l'aviez pas vu ? Je mourais de peur que quelque imbécile de sentinelle ne lui envoyât une balle sans crier gare...

MADAME VÉRA.

Elle avait son amoureux là ? Et le général, qu'est-ce qu'elle en faisait, alors?

MARIETTE.

C'est une fable, madame, un... comment appelle-t-elle ça? Un apologue oriental, qu'elle m'a dit de vous conter pour vous amuser.

MADAME VÉRA.

Un apologue?

MARIETTE.

Oui, madame; il paraît qu'il y avait une fois un oiseau qu'on avait mis en cage, et il avait beau prier son maître de lui ouvrir la porte, celui-là n'y voulait rien entendre. Le captif se mit à lui donner des coups de bec. Alors, impatienté, le maître ouvrit la cage pour s'en débar-.

rasser, et l'oiseau s'envola sans lui dire merci.
Il n'avait pas besoin de le remercier, n'est-ce
pas, puisque l'autre était content de se débar-
rasser de lui?

MADAME VÉRA, *après réflexion*.

Mariette, vous êtes une impertinente! Allez
faire votre malle, vous retournez à Paris!

MARIETTE, *câline*.

Eh! ma bonne maîtresse, vous fâcherez-vous
pour si peu? Mettez-vous à la place de ces jeunes
gens. On a bien le droit d'aimer son mari! Seulement, qu'est-ce que le général va dire, de
savoir l'oiseau envolé?

MADAME VÉRA, *radieuse*.

Le général! C'est lui qui me le payera!

MARIETTE.

Mais puisqu'il est sans reproche?

MADAME VÉRA.

Raison de plus!

Rideau.

LES

CLOCHES CASSÉES

PERSONNAGES :

Madame SIMON, trente-sept ans.
ALINE, sa nièce, vingt ans.
ROGER DORELLY, trente-huit ans.
GERMAIN, domestique.
PIERRE, jardinier.
GENEVIÈVE, vieille femme de chambre.
ABLIN, personnage muet.

LES

CLOCHES CASSÉES

Chez Dorelly, riche maison de campagne en province : luxe sérieux et de bon goût. Un salon de famille plein d'objets indiquant qu'on s'y tient constamment : livres, journaux, feu dans la cheminée, une grande tapisserie où les deux dames travaillent ensemble. Table ronde au milieu; portes au fond et sur les côtés.

SCÈNE PREMIÈRE

ROGER *lit son journal auprès de la table ronde;* MADAME SIMON *et* ALINE *travaillent ensemble à une tapisserie dans l'angle à droite;* GERMAIN, *puis* PIERRE.

GERMAIN, *près de la porte.*

Monsieur!...

ROGER *lève la tête.*

Qu'y a-t-il?

GERMAIN.

Le jardinier voudrait parler à monsieur.

ROGER.

Qu'il entre!

PIERRE, *tenant à chaque main une cloche à melon brisée.*

Bonjour, monsieur. J'ai l'honneur de présenter mes respects à ces dames.

ALINE.

Bonjour, Pierre.

ROGER, *indiquant les cloches.*

Qu'est-ce que c'est que ça?

PIERRE.

Voilà, monsieur : il y a quelqu'un la nuit dans le jardin.

ROGER.

Hein? (*Madame Simon tressaille violemment et regarde Pierre d'un air inquiet.*)

PIERRE.

Comme j'ai l'honneur de le dire à monsieur. Il y a quelqu'un la nuit dans le jardin.

ROGER.

Un revenant?

PIERRE.

Non, monsieur : quelqu'un qui a des souliers à ses pieds, à preuve qu'il me casse mes cloches.

ROGER.

Un maraudeur, alors?

PIERRE.

Avec la permission de monsieur, je ne crois pas que ce soit un maraudeur non plus.

ROGER.

Mais l'as-tu vu?

PIERRE.

Comme je vois monsieur en ce moment. (*Madame Simon donne les signes d'une violente agitation.*)

ROGER, *impatienté.*

Commence donc par le commencement, si tu veux qu'on te comprenne!

PIERRE *s'approche, tenant toujours ses cloches à melons.*

Voici ce que c'est, en toute vérité, monsieur. Hier, la nuit, quand on ne vit plus de lumière au château, il faisait grand clair de lune, je me dis : Voilà un beau temps qui pourrait bien nuire à mes primeurs; et je me relevai pour aller fermer mes châssis, car monsieur n'ignore pas tout l'intérêt que...

ROGER.

C'est bon, c'est bon; continue.

10.

PIERRE.

« Alors, comme je fermais mon troisième châssis, voilà que je vois une ombre noire qui venait du château, pas trop vite, au clair de lune, et qui prenait le chemin de la porte du jardin qui donne sur la grand'place. Alors, moi, je me relevai pour voir cette ombre, et en me voyant elle prit peur; c'est comme ça qu'elle m'a cassé mes cloches, car, au lieu de suivre l'allée comme vous et moi, monsieur, elle a pris par le plus court, et le plus court, c'était à travers vos melons, sauf le respect que je dois à monsieur. Alors j'entends : bing! bing! une cloche à gauche, une cloche à droite! Je courais après; mais comme je ne cassais pas les cloches, l'individu avait de l'avance sur moi, et il passa par-dessus le mur avant que j'aie pu l'atteindre. Quand j'ouvris la porte, il n'y avait plus personne dehors.

MADAME SIMON, *suffoquant.*

Ah!

ROGER.

Calmez-vous, ma cousine, nous ne courons aucun danger. (*A Pierre.*) C'est un voleur?

PIERRE.

Ça doit être un voleur, c'est ce que je me

suis dit, monsieur, car si ce n'était pas un voleur... J'ai cherché partout, monsieur, et en cherchant, j'ai trouvé ça. (*Il dépose sur la table une paire de gants.*)

MADAME SIMON.

Ah! mon Dieu!

ALINE.

Qu'est-ce que vous avez donc, ma tante?

MADAME SIMON.

Je... la frayeur, le...

ROGER.

Rassurez-vous donc, cousine! Nous avons de bons verrous, que diable! (*A Pierre.*) Où as-tu trouvé cela?

PIERRE.

Dans le parterre, monsieur, tout le long du château, comme qui dirait sous les fenêtres de ces dames. (*Madame Simon se tord les mains.*)

ALINE.

Par exemple! Voilà un voleur effronté! Est-ce qu'il aurait l'aplomb de commencer par nous?

ROGER, *qui examine les gants.*

Jouvin... peau de Suède... numéro sept et quart... Voilà un voleur bien ganté.

PIERRE.

C'est ce que je me suis dit, monsieur, mais il les avait peut-être volés.

ROGER.

Cela se peut. C'est bien, Pierre, va-t'en, mon ami.

PIERRE.

Les ordres de monsieur?

ROGER.

Plus tard. (*Pierre salue et sort, suivi de Germain.*)

SCÈNE II

ROGER, Madame SIMON, ALINE.

ROGER *marche de long en large d'un air préoccupé, puis s'arrête brusquement devant madame Simon.*

Cousine, vous n'avez pas remarqué que rien ait disparu de chez vous?

MADAME SIMON, *troublée.*

Non, non... mon cousin... non... au contraire.

ROGER.

Comment, au contraire?

MADAME SIMON, *de plus en plus troublée.*

Je veux dire... absolument rien.

ROGER *l'examine d'un air soupçonneux, puis se tourne vers Aline.*

Et toi, petite?

ALINE, *gaiement.*

Non, mon cousin... au contraire!

ROGER, *soupçonneux.*

Te voilà bien gaie! Il me semble pourtant...

ALINE, *éclatant de rire.*

Pardon, mon cousin... Ah! ah!... Pardon... mais vous êtes si drôle avec votre air sérieux... Vous avez tout bonnement l'air de croire à ce voleur!

ROGER.

Eh bien, et toi, qu'est-ce que tu crois?

ALINE *se lève.*

Ah! c'est bien simple. Je crois que Pierre a rêvé, que les chats ont cassé ses cloches, et que vous avez perdu vos gants en tirant votre mouchoir de poche. (*Elle retourne à son ouvrage.*)

ROGER, *ébahi.*

Eh, mais c'est une explication, cela! (*Soupçonneux.*) Non! Je gante sept et demi, -- les gants ne sont pas à moi.

ALINE.

Oh! à un point près!

ROGER, *avec force.*

Les gants ne sont pas à moi! (*Madame Simon tire son mouchoir et s'essuie les yeux.*) Ce n'est pas un voleur, cet homme! Ce ne peut pas être un voleur!

ALINE.

Alors, que voulez-vous que ce soit?

ROGER.

Un amoureux, parbleu!... Il y a des femmes ici... je vous demande pardon, madame, il y a des femmes de service. (*Il sonne.*)

———————

SCÈNE III

LES MÊMES, GERMAIN.

ROGER *à Germain.*

Qui avons-nous au château, en fait de femmes?

GERMAIN.

.. Il n'y a plus que Genviève, la femme de chambre de ces dames, monsieur, depuis que la femme de charge est partie pour se remarier...

ROGER, *entre ses dents.*

Sotte pécore! Peut-on comprendre qu'une veuve se remarie! Il faut avoir perdu la tête!

MADAME SIMON, *faisant un effort, timidement.*

Pourtant, mon cousin...

ROGER.

Vous connaissez mon opinion là-dessus, cousine : je ne comprends pas les veuves qui se remarient, — je ne puis admettre cela. (*Madame Simon étouffe un gros soupir et reprend sa tapisserie.*)

ALINE.

Et les veufs, mon cousin?

ROGER.

Les veufs... les veufs... ça n'est pas du tout la même chose!...

ALINE.

Cependant...

ROGER.

Non, ça n'est pas la même chose, parce qu'un homme... enfin, ça n'est pas la même chose... Vous dites donc qu'il n'y a ici que Geneviève en fait de femmes?

GERMAIN.

Oui, monsieur.

ROGER.

Faites-la venir. (*Germain sort.*)

ALINE, *bas à sa tante.*

Qu'est-ce qu'il a donc aujourd'hui, le cousin? Il est d'une humeur abominable! (*Madame Simon lève les bras au ciel et s'essuie les yeux.*) Et vous, ma tante, qu'est-ce que vous avez? Vous êtes encore plus timide qu'à l'ordinaire!

MADAME SIMON, *dévorant ses larmes.*

Ah! ma chère enfant... je suis si malheureuse!... depuis la mort de ton excellent oncle.

———

SCÈNE IV

ROGER, MADAME SIMON, ALINE, GENEVIÈVE,
laide et mal accoutrée.

ROGER *regarde Geneviève.*

Quel âge avez-vous, Geneviève?

GENEVIÈVE.

Cinquante-six ans, monsieur.

ROGER.

Et vous vous faites faire la cour? En cachette?

GENEVIÈVE, *indignée.*

Par exemple ! Si quelqu'un dit que depuis ma naissance jusqu'au jour d'aujourd'hui un homme a osé me faire la cour !... Quand j'étais jeune, monsieur, il ne s'est jamais trouvé un garçon pour avoir ce toupet-là, ce n'est pas à présent que...

ROGER, *la congédiant.*

Je vous crois sans peine. Allez, Geneviève, c'était une plaisanterie.

GENEVIÈVE, *grommelant.*

Me faire la cour, à moi ! Quelle effronterie !

SCÈNE V

ROGER, MADAME SIMON, ALINE.

ROGER.

Ce n'est pas elle, évidemment... Mais alors... (*Il se promène à grands pas. Les dames consternées le regardent.*)

ALINE, *à sa tante.*

Ma tante, c'est que ça a l'air de devenir sérieux ! Qu'est-ce que cela veut dire?

11

MADAME SIMON.

Tais-toi... je te dirai tout... Ah! mon enfant,
que de malheurs nous prépare un cœur sensible!... Il me fait peur... Allons-nous-en. (*Elles
se lèvent et plient leur ouvrage.*)

ALINE, *près de la porte.*

Vous êtes occupé, mon cousin, nous vous
laissons...

ROGER *s'arrête devant elle.*

Restez, Aline. (*A madame Simon.*) Je ne·vous
retiens pas, ma cousine. (*Madame Simon sort,
en donnant les signes du plus complet désespoir.*)

SCÈNE VI

ALINE, ROGER, *continuant à se promener.*

ALINE, *après avoir attendu un moment.*

Qu'est-ce que vous me voulez, mon cousin?

ROGER.

Ce que je vous veux? Je veux que vous me
demandiez pardon de votre audace.

ALINE.

Mon audace? Ah! parce que j'ai ri en vous

répondant tout à l'heure? Fi, cousin, que
vous êtes bourru, ce matin! Vous êtes plus
aimable d'ordinaire! Et puis, je ne sais pas
pourquoi vous ne me tutoyez pas, aujourd'hui!

ROGER, *ébahi, la regarde.*

Aline! Voyons, ne plaisantons pas! La chose
est sérieuse. Pourquoi vous exposez-vous à un
scandale public, comme celui d'aujourd'hui?
N'était-il pas plus simple, plus digne de vous,
de me confier votre secret?

ALINE.

Mais je n'ai pas de secret, mon cousin.

ROGER, *en colère.*

Votre dissimulation... non! votre effronterie...
non, pardon, je ne sais plus ce que je dis... (*Il
s'assied et passe la main sur son front.*) J'en perds
la tête!... Dites-moi le nom de cet homme qui
est venu vous voir.

ALINE.

Un homme? Et pourquoi serait-il venu?

ROGER.

Ne feignez pas!... L'homme d'hier, celui qui
a perdu ses gants sous votre fenêtre.

ALINE.

Mon cousin, je vous jure...

ROGER, *furieux.*

Ah çà! vous n'allez peut-être pas essayer de me faire croire que c'est pour votre tante qu'il est venu?

ALINE, *comprenant.*

Ah!... (*Elle baisse la tête d'un air confus.*)

ROGER, *amèrement.*

C'est pour vous, n'est-ce pas? qu'on vient piétiner dans mon parterre, en attendant qu'on monte par les balcons... heureusement, c'est impossible... il n'y a pas de balcons... et les fenêtres sont à cinq mètres du sol...

ALINE, *offensée.*

Oh! mon cousin!

ROGER, *confus.*

Pardon... je ne voulais pas vous blesser... mais, que diable! une jeune fille qui se laisse parler par la fenêtre...

ALINE, *de plus en plus blessée.*

Mon cousin... vous me traitez comme si j'étais coupable...

ROGER, *fâché.*

C'est peut-être moi qui ai tort? Comment! Votre tante et vous, vous êtes mes parentes, je suis un vieux garçon qui s'ennuie tout seul; je vous prie de venir adoucir ma solitude; nous jouons au bezigue; vous me faites de la musique, je ne me mêle pas de votre tapisserie, tout va pour le mieux, — et puis, le jour où je découvre que ma société vous ennuie et que, pour vous désennuyer, vous faites venir des gants Jouvin, sept et quart, de la ville ou de Paris, qu'en sais-je? vous montez sur vos grands chevaux! Et voilà que c'est moi qui ai tort!

ALINE, *baissant la tête.*

Je n'ai pas dit que vous ayez tort, mon cousin!...

ROGER.

Mais enfin, c'est vous ou c'est moi! Il n'y a pas à sortir de là! Y a-t-il à sortir de là?

ALINE.

Non, mon cousin.

ROGER.

Il vous aime, ce monsieur? Dans ce cas, il ferait mieux de passer par la porte que de soupirer sous vos fenêtres. (*Avec chaleur.*) Quand on aime une jeune fille, on ne la compromet pas, — si elle est réellement digne d'estime comme vous, Aline, — on souffre tout, on subit toutes les peines plutôt que de lui faire tort!... C'est comme cela que je comprends l'amour, moi!

ALINE, *avec élan.*

Ah! mon cousin, moi aussi!

ROGER, *stupéfait.*

Comment, vous aussi? (*Aline baisse la tête.*)
Si j'avais aimé quelqu'un, vous, par exemple,
Aline... j'aurais essayé de m'assurer que je suis
aimé; j'aurais fait de mon mieux, par mille
preuves délicates... Mais ce monsieur n'a plus
besoin de s'assurer de vos sentiments, paraît-
il... — vous lui avez permis de marcher sur
mes cloches à melons...

ALIXE.

Mon cousin !...

ROGER.

Vous le lui avez permis, puisqu'il se promène tranquillement dans mon jardin au clair
de la lune! Le lui avez-vous permis, oui ou non?
(*Aline ne répond pas.*) Si vous ne le lui avez pas
permis, c'est un maraudeur vulgaire, c'est un
voleur!... Et avec un bon coup de fusil... (*Mouvement d'Aline.*) Mais si vous le lui avez permis...
(*Avec émotion.*) Je vous ai vue toute petite, —
vous étiez très-gentille alors, je vous ai fait
manger bien des bonbons. Je vous voulais du
bien, Aline, beaucoup de bien; et c'est moins
pour moi que pour vous que je vous avais priée
de venir ici; vous y paraissiez heureuse; je
m'étais figuré que vous resteriez toujours dans

ma maison, qui est devenue si douce et si plaisante depuis que vous y êtes... Mais si vous
voulez vous en aller avec un autre... (*Très-ému.*)
Dites-lui qu'il vienne par la porte... Je sais que
vous n'avez pas de fortune, mais il y a là, dans
ce petit meuble, quelques papiers que je des-
tinais à assurer votre avenir, si je mourais le
premier, comme c'est naturel... Qu'il les
prenne aussi... Allez, Aline, allez... dites-lui de
venir... (*Avec explosion.*) Par exemple, ne me
demandez pas de l'aimer... Oh! ça, non! Un
homme qui m'a cassé mes cloches!... (*Il s'en va
très-ému. Sur la porte :*) Dépêchez-vous, Aline,
finissons-en, je vous en prie. (*Il sort.*)

SCÈNE VII

ALINE, *puis* Madame SIMON.

ALINE *reste un moment immobile, puis se dirige
vivement vers la chambre de madame Simon.*
Ma tante!
(*Madame Simon entre, son mouchoir sur les yeux.*)

ALINE, *irritée.*

J'espère, ma tante, que vous m'expliquerez cet amphigouri! Je viens de subir une jolie scène à cause de vous! Vous allez me dire...

MADAME SIMON.

J'ai entendu, Aline, je pleurais contre la porte...

ALINE, *radoucie.*

Voilà ce que c'est que de n'avoir pas confiance en sa nièce! Si vous m'aviez tout dit dès le commencement, cela ne serait pas arrivé!

MADAME SIMON.

Vois-tu, Aline, c'est que j'étais si honteuse!...

ALINE.

Voyons, ma tante, ayez du courage et commencez par le commencement, comme dit mon cousin. (*Madame Simon s'essuie les yeux, pétrit son mouchoir et ne dit rien.*) Qui est ce monsieur?

MADAME SIMON.

C'est un jeune homme.

ALINE.

Quel âge a-t-il?

MADAME SIMON.

Trente-six ans et sept mois... Il a seulement vingt-huit jours de moins que moi, Aline, je t'assure... j'ai vu son acte de naissance!...

ALINE.

Eh bien?

MADAME SIMON.

Eh bien?...

ALINE.

Eh bien, pourquoi ne l'épousez-vous pas? (*Madame Simon ne répond pas.*) Il faut me dire tout, ma tante, sans quoi je ne pourrai jamais vous marier. Voyons, pourquoi ne l'épousez-vous pas?

MADAME SIMON.

Parce que j'avais peur de te fâcher.

ALINE.

Moi?

MADAME SIMON.

Oui... depuis la mort de ton oncle, c'est toi qui mène notre barque; tu sais bien que je n'ai pas de caractère, tandis que toi, tu es tout comme lui, tu en as pour deux!... Je me demandais si ça te ferait plaisir de me voir remarier... et je n'ai pas osé...

ALINE.

Voilà une belle idée! Vous me croyez donc une fille absolument dénaturée? Et si je m'étais mariée, moi?

11.

MADAME SIMON.

C'est bien à quoi je pensais... Alors, nous. avions résolu de nous marier quand tu serais mariée.

ALINE.

De sorte que si la fantaisie me prenait de rester vieille fille...

MADAME SIMON.

Alors, moi aussi.

ALINE, *souriant.*

Vous aussi, quoi?

MADAME SIMON.

Je serais restée... C'est-à-dire non... Enfin, je ne me serais jamais remariée.

ALINE, *l'embrassant.*

Pauvre bonne tante! Vous êtes douce comme un agneau, et vous seriez capable de vous laisser manger au loup! Ce ne sera pas moi, le loup. Et qui est ce monsieur, — monsieur mon bel-oncle?

MADAME SIMON, *très-confuse.*

C'est M. Ablin.

ALINE.

Le fabricant de poupées avec des yeux en émail? Mais, ma tante, il est encore plus timide que vous!

MADAME SIMON.

Justement, c'est pour ça que nous n'avions pas peur l'un de l'autre.

ALINE, *réfléchissant.*

C'est parfait; mais tout cela ne m'explique pas pourquoi il est venu casser les cloches à melons de mon cousin... Ce n'est pas de la timidité, cela !

MADAME SIMON.

C'est que, vois-tu, Aline, il y a six semaines que nous sommes ici... Il s'ennuyait tout seul, — il a voulu s'assurer que j'étais dans les mêmes sentiments... et il est venu me demander sous la fenêtre si je n'avais pas changé d'idée...

ALINE.

Sous la fenêtre ? C'était commode pour causer ! Le cousin dit qu'il y a cinq mètres de plafond, ici ! et nous sommes au-dessus ! Vous aviez un porte-voix pour vous faire des confidences ?

MADAME SIMON.

Non, Aline, il m'a écrit un petit mot... Le voilà... (*Elle lui donne un petit papier plié.*)

ALINE, *lisant.*

« Chère madame et amie, le temps me dure trop sans vous voir. Dites-moi seulement que je puis toujours espérer de vous nommer un jour ma

femme, et aussi que ce ne sera pas long, parce
que je me dessèche de chagrin. Votre Ablin
éperdu. (*P. S.*) Répondez oui, et je m'enfuis à
l'instant, car j'ai peur que le chien n'aboie. »

Eh bien, pour un jeune homme timide, ce n'est
pas mal! Et vous lui avez répondu?

MADAME SIMON.

Que je n'avais pas changé d'idée.

ALINE.

Par la fenêtre?

MADAME SIMON.

Oui, par un billet que j'ai jeté dans son chapeau. Ça doit être à ce moment-là qu'il aura
perdu son gant. Mais je ne sais pas comment nous
arranger, car tu n'es pas mariée, ma pauvre
Aline, — et sans fortune, sans dot...

ALINE.

Je n'ai pas grande envie de me marier... Je
resterai à tenir la maison du cousin.

MADAME SIMON.

Cela ne se peut pas, Aline : il est trop jeune,
le cousin.

ALINE, *tristement.*

Eh bien, j'irai avec vous... Mais il faut dire
cela au cousin. — Il croit que c'est moi qui ai
causé par la fenêtre, il veut que j'épouse le

monsieur qui a cassé ses cloches!... Ah! que ç'aurait été drôle d'épouser M. Ablin!

MADAME SIMON.

Je l'épouse bien, moi!

ALINE.

Oui, ma tante, vous, mais moi, je...

MADAME SIMON, *offusquée*.

Ce ne serait pas si drôle! Il est très-bien!

ALINE, *la caressant*.

Oui, ma tante, — mais que voulez-vous? il n'est pas fait pour moi, ni moi pour lui! Il faut le dire à mon cousin, et vite! car il m'a lavé la tête, tantôt; — allons, un peu de courage.

MADAME SIMON.

Oh! Aline, je ne pourrai jamais...

ALINE.

Que si! Un bon plongeon! Qu'en avez-vous fait, de cet excellent M. Ablin?

MADAME SIMON.

Il est à l'auberge, sur la place...

ALINE.

Qu'est-ce qu'il y fait?

MADAME SIMON.

Il attend que je lui donne une réponse définitive.

ALINE.

Eh bien, qu'est-ce que vous allez lui dire?

MADAME SIMON.

Mais... rien du tout.

ALINE.

Et depuis combien de temps attend-il?

MADAME SIMON.

Depuis cinq jours.

ALINE.

Ses poupées doivent bien s'ennuyer sans lui!
Eh bien, ma tante, dites-lui qu'il vienne ici
demander votre main, en cérémonie...

MADAME SIMON.

Y penses-tu? Et ton cousin qui ne veut pas
comprendre qu'une veuve se remarie?

ALINE.

Mon cousin? Il n'est pas aussi méchant qu'il
en a l'air.

MADAME SIMON.

Cela ne fait rien. Je n'oserai jamais...

ALINE.

Il le faut pourtant, ma tante; car je vous
assure que j'ai été assez grondée pour aujour-
d'hui. Mon cousin m'a dit des choses... Dans le
moment, je n'y ai pas fait attention, parce que
je ne pensais qu'à me tirer de là; mais à pré-

sent... Le voilà qui vient... faites de votre mieux, ma tante. (*Elle remonte.*)

MADAME SIMON.

Aline! Aline, écoute!

ALINE.

Non, non, arrangez-vous! Un bon plongeon! (*Elle sort.*)

SCÈNE VIII

MADAME SIMON, ROGER, *entrant par le fond.*

ROGER.

Aline n'est pas là?

MADAME SIMON.

Non, mon cousin.

ROGER.

Vous a-t-elle parlé?

MADAME SIMON.

Non... c'est-à-dire, oui... mon cousin... Si vous saviez quelle bonne enfant!...

ROGER.

Je ne vous dis pas le contraire, cousine, — mais tou'e eelte affaire m'a donné bien du cha-

grin; oui, bien du chagrin! et un chagrin que
je ne méritais pas!... Car, enfin, quand est-ce
que j'ai manqué de complaisance... ou de savoir-
vivre... envers vous? N'ai-je pas fait de mon
mieux? Si vous étiez malheureuses ici, il fallait
le dire! je ne vous y retenais pas de force!...
Il eût mieux valu me quitter que de m'exposer
à un esclandre ridicule... Vous auriez dû veiller
à cela, cousine, c'était votre devoir, puisque
vous servez de mère à cette enfant orpheline.

MADAME SIMON.

Je vous comprends bien, mon cousin... Vos
reproches me vont au cœur... mais je croyais
faire pour le mieux...

ROGER.

Vous aviez donc connaissance des assiduités
de ce jeune homme?

MADAME SIMON, *baissant les yeux.*
Mais, mon cousin...

ROGER.

Vous en aviez connaissance?

MADAME SIMON.

Oui... mon cousin...

ROGER.

Et vous les tolériez?

MADAME SIMON.

Il faut bien que je l'avoue... Mais c'était en tout bien tout honneur, vous n'en doutez pas?

ROGER.

Parbleu! mais pourquoi ce secret? pourquoi ces promenades mystérieuses, qui ne peuvent que faire un tort irréparable à cette enfant? Il aurait mieux valu agir ouvertement... mais vous avez toujours eu l'esprit romanesque, — soit dit sans reproche, ma cousine, — et les grandes routes ne sont pas de votre goût; vous aimez mieux les chemins détournés.

MADAME SIMON.

J'ai eu tort, j'en conviens. Mais, mon cousin...

ROGER.

Pensez-vous que je suis un croquemitaine? Voyons, parlez!

MADAME SIMON.

Oh! mon cousin, quelle bonté!

ROGER, *brusquement.*

Qui est-il, ce monsieur?

MADAME SIMON.

Un jeune homme bien aimable... Quand je dis un jeune homme, il a trente-six ans et sept mois... c'est un homme de notre âge.

ROGER, *à demi-voix.*

Hum! Un homme de mon âge! j'aurais cru à cette petite plus de goût! (*Haut.*) Et sa profession?

MADAME SIMON.

Il est fabricant de poupées avec des yeux en émail.

ROGER.

Fabricant de poupées? Singulière profession... Fait-il de bonnes affaires, au moins? Est-ce ce qu'on appelle un parti convenable?

MADAME SIMON.

Mais oui, mon cousin..., certainement...

ROGER.

Alors, pourquoi tant de mystère? Vous n'aviez qu'à me le dire dès en arrivant...

MADAME SIMON.

Je n'ai pas osé.

ROGER.

Après tout, vous avez peut-être eu raison... C'est égal, je n'aurais jamais cru qu'Aline épousât un fabricant de poupées.

MADAME SIMON.

Mais, mon cousin... je croyais vous avoir dit...

ROGER.

Quoi ?...

MADAME SIMON.

Vous n'avez donc pas compris ?

ROGER.

Quoi ?

MADAME SIMON.

Je croyais m'être bien expliquée... quand je vous ai avoué...

ROGER.

Quoi ? Qu'est-ce que vous m'avez avoué ?

MADAME SIMON.

Ce n'est pas Aline qui...

ROGER.

Qui, quoi ?

MADAME SIMON.

Qui veut épouser M. Ablin.

ROGER.

Le fabricant de poupées ?

MADAME SIMON.

Oui.

ROGER.

Qui donc alors veut l'épouser ?

MADAME SIMON, *plus confuse que jamais.*

C'est moi, mon cousin.

ROGER *la considère un instant, ahuri.*

Vous? C'est vous qui épousez le fabricant...

MADAME SIMON.

Oui, mon cousin.

ROGER *la regarde, de plus en plus stupéfait.*

Vous? Allons! tout est possible en ce monde.

MADAME SIMON, *se redressant, piquée.*

Mais il me semble, cousin, que je ne suis ni
assez vieille, ni assez laide pour que mon mariage soit une chose si extraordinaire!

ROGER, *riant.*

Ce n'est pas cela, cousine; mais je vous
croyais plus de bon sens.

MADAME SIMON.

Quand est-ce que j'en ai manqué?

ROGER.

Vous épousez un homme plus jeune que
vous...

MADAME SIMON.

De vingt-huit jours seulement!

ROGER.

Quand il y en aurait trente! Un homme qui
vient soupirer sous vos fenêtres, qui perd ses
gants, casse mes cloches et fabrique des poupées... c'est complet! Et par-dessus le marché,
une femme qui a le bonheur d'être veuve!

MADAME SIMON, *piquée*.

Ce n'est pas la peine de m'injurier, mon cousin ! Vous me faites comprendre que j'ai eu tort de venir ici ; je reconnais mon tort.

ROGER, *la retenant*.

Bon, voilà l'agneau qui devient enragé. Vous n'y êtes pas, cousine. Je suis enchanté de votre mariage; mais si je vous ai un peu taquinée, vous pouvez bien pardonner quelque chose à ma surprise.

MADAME SIMON.

Vous êtes enchanté!

ROGER.

Oui !

MADAME SIMON.

Moi qui n'osais pas vous en parler !

ROGER.

Pourquoi donc?

MADAME SIMON.

C'est que vous étiez si sévère pour les femmes qui se remarient !

ROGER.

Entendons-nous : en théorie, je suis furieux; — mais en pratique, je suis enchanté, — enchanté que ce soit vous qui épousiez le marchand de poupées, et non Aline.

MADAME SIMON, *soupirant.*

Cette pauvre Aline! Enfin, quand je serai mariée moi-même, je lui trouverai plus facilement un mari.

ROGER, *redevenant de mauvaise humeur.*

Quelle nécessité voyez-vous à chercher un mari pour Aline, à présent que le marchand de poupées n'est plus en cause?

MADAME SIMON.

Mais il faut bien qu'on se marie!...

ROGER, *sèchement.*

Je n'en vois pas la nécessité.

MADAME SIMON.

Moi, je le vois bien par moi-même... une femme sans protecteur se trouve bien malheureuse...

ROGER.

Oh! vous, vous avez été une liane toute votre vie; il vous fallait un tuteur. Mais Aline... Laissez-moi Aline... elle dirige admirablement ma maison.

MADAME SIMON, *secouant la tête.*

Si vous étiez marié, mon cousin, je ne dis pas... mais vous êtes trop jeune.

ROGER.

Hum! j'ai plutôt peur d'être trop vieux.

SCÈNE IX

LES MÊMES, ALINE.

ALINE, *sur le seuil.*

Eh bien, êtes-vous réconciliés? Mon cousin a-t-il mis bas les armes?

ROGER.

Méchante petite fille ! Viens un peu ici.

ALINE, *s'approchant.*

Ah ! on me tutoie, à présent; il paraît que cela va mieux.

ROGER, *à madame Simon.*

Tenez, cousine, faites savoir à ce monsieur qu'il vienne dîner avec nous, et surtout qu'il prenne par les allées, au lieu de me casser encore quelques cloches; je suis curieux de voir de près un fabricant de poupées qui prend sa profession au sérieux.

MADAME SIMON *sort en riant.*

C'est vous qui n'êtes pas sérieux, mon cousin.

SCÈNE X

ALINE *va s'asseoir à droite et reprend son ouvrage.*
ROGER *tourne autour d'elle pendant un instant
et finit par tousser en faisant tourner une chaise
sur un pied.*

ROGER, *toussant.*

Hum! (*Un silence.*) Hum!
(*Aline le regarde de côté et continue à travailler.*)

ROGER.

Hum! je crois que je me serai enrhumé.
(*Aline ne répond pas.*) Tu as l'air fâché, Aline?

ALINE.

Mais non, mon cousin, je suis simplement
sérieuse.

ROGER.

Comprends-tu comment j'ai pu être assez
bête, tantôt, pour croire que c'était toi que...

ALINE.

Non, mon cousin, je ne comprends pas.

ROGER.

Hein? (*Aline lui fait signe qu'elle ne comprend
pas; il fait un tour sur la scène et se rapproche.*)

Aline, ta tante se marie; qu'est-ce que tu vas
faire?

ALINE.

Je finirai ma tapisserie, mon cousin; voyez
quel énorme morceau il me reste à remplir!
J'en ai au moins pour deux mois.

ROGER.

Oui, c'est très-bien; mais tu vas faire une
sotte figure dans le jeune ménage du marchand
de poupées... Tu devrais te marier.

ALINE, *en travaillant.*

C'est bien mon intention.

ROGER, *piqué.*

Ah! Et peut-on savoir à qui?

ALINE, *sans le regarder, s'occupe de son ouvrage.*

Cela n'est pas décidé; je ne suis pas extrême-
ment pressée.

ROGER *bourru.*

Lorsque votre choix sera fait, puis-je espérer
que vous m'honorerez de votre confiance?

ALINE, *froidement.*

Certainement, mon cousin, vous pouvez y
compter. D'ailleurs, cette confiance, vous ne
l'avez jamais perdue.

ROGER.

Tu m'en veux d'avoir cru, tantôt... C'est vrai,

12

j'aurais dû mieux te juger. Mais mets-toi à ma place : si l'on t'avait dit qu'un monsieur casse les cloches à melons en se promenant, la nuit, dans mon jardin, au clair de lune, — aurais-tu été supposer que c'était dans l'intention d'épouser ta tante ?

ALINE, *vivement.*

Et vous, mon cousin, mettez-vous à la mienne ! Si l'on était venu vous dire que vous exposez ce monsieur à recevoir des coups de fusil parce qu'il vient perdre ses gants sous vos fenêtres, est-ce que ça vous aurait fait plaisir ?

ROGER.

Je crois, Aline, que nous sortons tous les deux de la question. J'ai eu tort de te soupçonner, c'est vrai... j'en suis fâché..., très-fâché... je t'offre mes excuses...

ALINE.

C'est bien, mon cousin, je les accepte.

ROGER.

Et puis ?...

ALINE.

Et puis, je les garde... Autrement, que voulez-vous que j'en fasse ?

ROGER.

Et c'est tout ?

ALINE.

Je suppose. Non, cependant : il me reste à vous remercier de la bonté que vous nous avez témoignée, à ma tante et à moi, — et, avant de partir, à vous demander pardon du dérangement que nous vous avons causé... et aussi pour les deux cloches cassées. Est-ce que ça coûte cher, les cloches à melons?

ROGER, *distrait.*

Je ne sais pas. Alors, tu vas t'en aller?

ALINE.

Il le faut bien.

ROGER.

C'est dommage... Je m'étais habitué à te voir ici : la maison me sera bien triste... J'aurais bien invité ta tante à rester chez moi avec son mari...

ALINE.

La fabrication des poupées en souffrirait trop, mon cousin, à moins qu'on n'installe les ateliers chez vous...

ROGER.

Tu ris, méchante... tu te moques de moi.

ALINE.

Je vous respecte trop pour me moquer de vous, mon cousin.

ROGER,

Aline... j'ai un vilain caractère... n'est-ce pas ?

ALINE.

Passablement.

ROGER.

Je suis jaloux?

ALINE.

Je n'en sais rien.

ROGER.

Soupçonneux?

ALINE.

Oui.

ROGER.

Impoli?

ALINE.

Parfois.

ROGER.

Bourru ?

ALINE.

Souvent.

ROGER.

Maussade?

ALINE.

Presque toujours.

ROGER, *soupirant.*

Comme c'est encourageant!... (*Prenant son*

courage à deux mains.) Aline... veux-tu m'épouser?

ALINE, *bravement.*

Oui, mon cousin.

ROGER, *stupéfait.*

Tu dis?

ALINE.

J'ai dit : Oui, mon cousin. Mais s'il faut vous le répéter, je ne sais pas si j'en aurai le courage.

ROGER, *lui prenant les deux mains.*

Est-ce que vraiment tu m'aimes un peu?

ALINE.

Oui, mon cousin...

ROGER.

Et... depuis longtemps?

ALINE.

Depuis que vous m'avez dit des choses si désagréables, ce matin.

ROGER.

Quelle bonne idée j'ai eue, alors! Ah! que je suis content! que je suis content!... Tu sais donc que c'est toi qui m'as rendu méchant aujourd'hui?

12.

ALINE.

Si je ne le savais pas, j'aurais répondu : Non, tout à l'heure.

ROGER.

Ma chère Aline, tu verras comme nous serons heureux !

SCÈNE XI

LES MÊMES, MADAME SIMON, M. ABLIN, *bon jeune homme à l'air niais et timide.*

MADAME SIMON, *entrant.*

Mon cousin, je vous présente M. Ablin.

ROGER.

Enchanté... charmé! Ma cousine, je vous présente ma femme.

MADAME SIMON, *se trouvant mal.*

Ah! mon Dieu! la joie... le saisissement...

ALINE, *lui frottant le dos.*

Ça ne sera rien, ma tante.

GERMAIN, *annonçant.*

Ces dames sont servies.

ALINE, *à Roger, pendant qu'Ablin offre son bras*
à madame Simon.

Eh bien, comprenez-vous l'étendue de vos
torts quand vous avez pensé que je...

ROGER.

Écoute, Aline... ce n'est pas ma faute... je ne
l'avais pas vu!... Si je l'avais vu!...

Rideau.

ANNETTE

PERSONNAGES:

JACQUES.
ANNETTE.
MADAME.

Cette pièce peut être jouée en costumes Louis XV.

ANNETTE

Un salon de campagne, porte au fond, porte à gauche.

SCÈNE PREMIÈRE

ANNETTE, JACQUES.

ANNETTE, *tirant Jacques par la main.*

Entre donc, grand bêta, il n'y a personne!
on ne te mangera pas !

JACQUES.

C'est que ta maîtresse n'a pas l'air commode,
Annette...

ANNETTE.

Elle te fait peur?

JACQUES.

Mais oui!

ANNETTE, *haussant les épaules.*

Un homme! si ça n'est pas honteux! Comment
lui feras-tu ta demande, alors, si tu as peur?

JACQUES.

Je ne la ferai point! C'est toi qui parleras!

ANNETTE.

.Eh bien, et toi?

JACQUES.

Moi, j'approuverai (*faisant signe de la tête*) comme ça! Et puis, à la fin, quand tu auras tout dit, je dirai de même.

ANNETTE, *le regardant d'un air dédaigneux.*

C'est comme ça que tu te montres? Elle aura belle idée de toi! Tu veux donc qu'on dise que, dans notre ménage, c'est moi qui porte les culottes?

JACQUES.

Oh! que non! Quand nous serons mariés, je reprendrai mes droits : c'est pour en arriver au mariage. Ta maîtresse, vois-tu, Annette, c'est une bien brave femme, oh! je ne dis pas le contraire! mais c'est une maîtresse femme aussi, — et — faut pas qu'on la contrarie...

ANNETTE.

Eh bien, tu aimes qu'on te contrarie, toi?

JACQUES.

Je ne dis pas ça...

ANNETTE, *entre ses dents.*

Tu fais bien...

JACQUES.

De quoi?

ANNETTE.

Denepas te vanter de ton bon caractère, — toi,
vois-tu, mon Jacques, je t'aime bien, mais tu es
têtu comme une vieille bourrique!

JACQUES.

Qu'est-ce que ça fait, puisque je suis entêté
pour t'aimer, et pour t'épouser,... car toi, sans
reproche, tu ne tiens pas à moi autant que je
tiens à toi!

ANNETTE.

Tu te trompes, Jacques! Je tiens à toi... beaucoup! plus que tu ne mérites, peut-être!

JACQUES.

Tu ne me trouves pas joli garcon, dis?

ANNETTE.

Il ne s'agit pas de ça! quand je te dis que je
tiens à toi!

JACQUES.

Tu n'étais pas bien voulante pourtant, quand
je t'ai proposé le mariage...

ANNETTE.

Si, j'étais voulante, mais j'avais peur de faire
de la peine à madame. Elle est si bonne... pense
donc! Elle m'a prise toute petite, toute bête,

13

à la queue de mes vaches! Qu'est-ce que je savais quand je suis entrée ici? Faire de l'herbe pour les bêtes et donner à boire aux veaux! Elle m'a appris tout, tout! à repasser, à coudre, à faire le service, tout... Et puis voilà que pour me marier, je vais la planter là...

JACQUES, *piqué.*

Si tu le regrettes, faut le dire, — il n'y a encore rien de fait!

ANNETTE, *le poussant d'un air de commisération.*

Va! tu es bête, mon pauvre Jacques! Si je te prenais au mot?

JACQUES, *toujours piqué.*

Faut pas te gêner! Des filles à marier, on en trouve.

ANNETTE, *le tirant par le bras et le forçant à la regarder.*

Comme moi?

JACQUES, *désarmé, souriant.*

Non, pas comme toi, bien sûr! Allons, baise-moi. (*Il tend la joue.*)

ANNETTE, *le repoussant.*

Eh bien, il ne manquerait plus que ça! Veux-tu bien te taire! Voilà madame qui vient, fais bonne mine.

———

SCÈNE II

MADAME, ANNETTE, JACQUES.

MADAME, *sans voir Jacques.*

Annette, j'ai laissé mon livre dans ma chambre... va me le chercher.

ANNETTE.

Oui, madame, tout de suite. (*Elle reste immobile.*)

MADAME.

Eh bien? (*Elle la regarde et aperçoit Jacques.*) Ah! c'est vous, mon garçon? bonjour.

JACQUES, *la saluant.*

Bonjour, madame. (*A Annette, bas.*) Parle donc, toi!

ANNETTE.

Madame...

MADAME.

Qu'est-ce qu'il y a donc? que voulez-vous, Jacques? Pourquoi êtes-vous venu?

JACQUES, *poussant Annette.*

Mais va donc!

ANNETTE, *embarrassée.*

Madame, c'est que... (*Madame la regarde.*) Ah!

madame, vous avez été si bonne pour moi ! ça me
fend le cœur ! (*Elle pleure.*)

JACQUES, *la tirant par son tablier.*

Mais ça n'est pas ça qu'il faut lui dire ! Si tu
crois que ça va la disposer...

MADAME, *les regardant tous les deux, et comprenant
tout à coup.*

Vous voulez vous marier ?

JACQUES, *à part.*

Vlan ! Ça y est ! (*Haut, gracieusement.*) Oui, ma
bonne dame, vous l'avez deviné, nous voulons
nous marier, et alors...

MADAME.

Vous êtes jardinier, Jacques ?

JACQUES, *très-gracieux.*

Jardinier maraîcher, madame, pour vous servir, et même je vous demanderai votre pratique, s'il vous plaît, parce qu'un jeune ménage qui commence... faut l'encourager... pas
vrai, Annette ? faut l'encourager. (*Bas à Annette.*)
Mais parle donc, c'était convenu que ce serait
toi. — Tu ne dis rien... c'est moi qui fais tous
les frais.

MADAME, *les regardant tous les deux d'un air calme.*

C'est sérieux ?

JACQUES.

Tout ce qu'il y a de plus sérieux, madame.
Oh! pour ça... Si ce n'était pas sérieux, je ne
me serais pas donné la peine de déranger madame! (*Il se rengorge d'un air satisfait.*)

MADAME.

Quel âge avez-vous?

JACQUES.

Vingt-cinq ans, madame, pour vous servir, et
pour le jardinage et surtout la culture maraî-
chère, je ne crains personne...

MADAME, *après un silence pendant lequel Jacques
devient de plus en plus embarrassé.*

Et toi, Annette, quel âge as-tu?

ANNETTE.

Madame le sait bien... j'ai eu dix-neuf ans
à la Noël... et nous voici à la Saint-Jean...
(*Elle roule son tablier dans ses doigts d'un air
triste.*)

MADAME, *après un silence.*

Elle est trop jeune pour se marier; j'en suis
fâché, Jacques, mais il faudra attendre.

JACQUES, *ennuyé, mais faisant l'aimable.*

Oh! madame, attendre, ça ne fait rien, pourvu
que ça ne soit pas long... j'attendrai bien

quelques... quelques semaines... s'il le faut
absolument. — Madame aura bien la bonté d'y
mettre du sien...

MADAME.

Du mien? Comment cela?

JACQUES.

Pour que ça ne dure pas... Nous attendrions
bien un mois... oh! oui, un bon mois... pour
laisser le temps à madame de trouver quelqu'un...

MADAME.

Quelqu'un?...

JACQUES.

Quelqu'une... si madame préfère, — une jeunesse enfin, pour remplacer Annette. (*Mouvement
de madame.*)

ANNETTE, *s'avançant vers madame les mains jointes.*

Oh! ma chère maîtresse, pardonnez-lui, il
n'est pas méchant, je vous assure, c'est par bê-
tise... (*Madame s'assied sans parler, en faisant
un geste pour indiquer qu'elle ne veut pas en entendre
davantage.*) Ma bonne maîtresse, écoutez-moi,
parlez-moi... (*Se tournant vers Jacques.*) Va-t'en,
toi!

JACQUES.

Que je m'en aille?

ANNETTE.

Oui, va-t'en!

JACQUES.

Mais nous ne sommes pas plus avancés qu'au commencement.

ANNETTE.

Ça ne fait rien, va-t'en.

JACQUES.

Mais tu lui parleras? Tu lui diras ce qu'il faut! Tu n'as pas encore ouvert la bouche; c'est moi qui ai eu tout le mal!

ANNETTE.

C'est bon, c'est bon, va-t'en, et surtout ne reviens pas. (*Elle le pousse vers la porte de gauche.*)

JACQUES, *se rebiffant.*

Comment, que je ne revienne pas! je vais rester là dans l'antichambre, et je reviendrai si je veux, moi!

ANNETTE, *le poussant toujours.*

C'est entendu, va-t'en tout de même!

JACQUES, *sur la porte.*

On ne me fait pas marcher, moi! Ah! mais! (*Il disparaît, Annette ferme la porte sur lui et redescend.*)

SCÈNE III

MADAME, ANNETTE.

ANNETTE, *à genoux près de madame, cherchant à lui prendre une main.*

Madame ma chère maîtresse, regardez-moi, je vous en prie! dites-moi que vous n'êtes pas fâchée...

MADAME, *sans la regarder.*

Tu m'as fait beaucoup de peine, Annette! Pourquoi ne pas m'en parler toi-même?

ANNETTE.

Ma chère madame, pardonnez-moi! Je savais bien que vous en auriez du chagrin... je voulais attendre, prendre un bon moment, mais Jacques était si pressé... Je lui avais dit de ne pas parler; j'étais sûre qu'il ne dirait que des bêtises! Et puis quand je vous ai vue, je n'ai pas pu trouver une seule parole...

MADAME.

Relève-toi. (*Annette se relève.*) Alors, tu veux te marier?

ANNETTE, *les yeux baissés.*

C'est Jacques qui m'a demandée...

MADAME.

Et tu as consenti?

ANNETTE.

A condition que vous voudriez bien...

MADAME.

Alors si je refusais, tu ne te marierais pas?

ANNETTE, *embarrassée*.

C'est-à-dire... je ne me marierais pas... tant
que vous n'auriez pas changé d'idée.

MADAME.

Et si je n'en changeais pas? (*Annette baisse la
tête*.) Écoute, ma fille, je t'ai prise voilà quatre
ans passés, tout ignorante, tout ingande...
tu n'avais plus de mère, ta vieille tante te
battait : je t'ai gardée près de moi. Tu n'étais
pas toujours commode, dans ce temps-là!

ANNETTE.

Je m'en souviens bien!

MADAME.

Je t'ai appris à lire et à écrire... tu étais têtue,
tu ne voulais pas, parfois... t'ai-je jamais châtiée
ou seulement menacée?

ANNETTE.

Oh! madame! Quand vous me disiez d'un air
fâché : C'est bien, va-t'en! c'était bien pis que
si vous m'aviez battue!

13.

J'avais pensé que tu resterais avec moi... pas
toujours, non! mais encore quatre ou cinq ans...
Je suis vieille, Annette, je suis malade... il faut
que je forme une nouvelle femme de chambre, à
mon âge... penses-y bien! Trouves-tu que ce soit
honnête de ta part? Si j'avais su que tu me
quitterais à peine élevée, crois-tu que je me serais donné tant de mal?

ANNETTE, *la regardant avec fermeté.*

Oui, madame, vous l'auriez fait! Vous m'avez
dit bien des fois : Annette, je ne veux que ton
bien! Et c'était vrai. Vous l'auriez fait quand
même!

MADAME *reste pensive. Après un temps.*

Tu veux te marier, te mettre dans la misère...

ANNETTE.

Jacques n'est pas pauvre, et j'ai mes économies... les économies que vous avez faites pour
moi, ma bonne maîtresse...

MADAME.

Enfin, tu ne vivras pas avec lui aussi bien que
tu vis ici, où tu as tout le bien-être imaginable...

ANNETTE.

Je le sais, ma bonne madame, mais je me suis
dit bien des fois que j'étais trop heureuse pour

une fille de ma condition, et que ce serait plus juste, plus naturel, de connaître un peu la peine... Il y en a bien qui valent mieux que moi qui ne mangent point de pain blanc... Je suis née paysanne, moi, madame, et j'aime la terre...

MADAME.

Mieux que ma maison?

ANNETTE.

Pas mieux que vous, madame, mais mieux que votre maison?... peut-être bien ! Je n'aurais jamais épousé un valet de chambre, moi, je n'aime pas ce monde-là! ni monsieur, ni ouvrier, ni paysan, presque pas domestique, ni chair ni poisson, on ne sait pas ce que c'est... et puis c'est un métier de fainéant... Mais un jardinier, ça me va, je comprends cet état-là.

MADAME.

C'est l'état que tu aimes et pas le mari?

ANNETTE.

Un peu tous les deux, ma bonne madame; bien sûr que je n'aurais pas épousé un jardinier quelconque...

MADAME.

Mais il est entêté, ton Jacques.

ANNETTE, *souriant*.

On tourne autour...

MADAME.

Il est un peu bête!

ANNETTE.

Ça, c'est vrai, mais il n'est pas méchant.

MADAME, *après un temps*.

Enfin, Annette, tu veux l'épouser, et moi, je ne veux pas que tu t'en ailles. Je t'ai servi de mère, tous tes parents sont morts, c'est moi qui les remplace. Quand tu auras vingt et un ans, tu feras ce que tu voudras.

ANNETTE, *la tête basse*.

Vingt et un ans! Attendre un an et demi...

MADAME, *se levant*.

D'ailleurs, au fond, tu sais que je n'ai aucun droit sur toi. Tu peux te marier demain si tu y tiens. Seulement, je saurai que j'ai élevé une ingrate! (*Elle se dirige vers la porte.*)

ANNETTE, *frappée au cœur*.

Madame, une ingrate, moi?

MADAME.

Oui, une ingrate! (*Elle sort.*)

SCÈNE IV

ANNETTE, *puis* JACQUES.

ANNETTE, *seule.*

Une ingrate!... c'est vrai pourtant! (*Allant à la porte de gauche.*) Jacques !

JACQUES, *entrant, épanoui.*

Eh bien, c'est fini? A quand la noce?

ANNETTE.

Jacques, j'ai réfléchi, je ne veux pas me marier encore tout de suite.

JACQUES, *riant d'un gros rire.*

Parbleu, on sait bien qu'il faut le temps... mais dans trois semaines...

ANNETTE.

Dans dix-huit mois! (*Jacques sursaute.*) C'est à prendre ou à laisser!

JACQUES.

A prendre ou à laisser? Mais je ne veux ni le prendre ni le laisser. En voilà, des manières! Sur quelle herbe as-tu marché aujourd'hui?

ANNETTE.

Je sais ce que je sais, je suis comme je suis,

Je ne veux point me faire horreur à moi-même.
Je me marierai quand j'aurai vingt et un ans!
Voilà!

JACQUES.

Vingt et un ans! Et tu te figures que je vais
rester le bec dans l'eau jusqu'à ce que tu aies
vingt et un ans? Qui est-ce qui me tiendra ma
maison et me raccommodera mes nippes?

ANNETTE.

En attendant, prends une ménagère!

JACQUES, *malicieusement*.

Une jeune?

ANNETTE, *avec vivacité*.

Non, une vieille; la mère Goufichon, elle a
soixante ans passés, mais bon pied, bon œil,
et puis très-propre.

JACQUES, *l'imitant*.

Et puis très-propre! Dis donc, Annette, j'en
aime mieux une jeune. (*Annette reste immobile.*)
Une qui s'appelle Annette Bucard. (*Il la pousse
du coude.*) Et tout de suite, dans trois semaines,
c'est-à-dire!

ANNETTE.

Dans dix-huit mois, quand j'aurai eu le temps
d'accoutumer une autre femme de chambre à
madame.

JACQUES.

Ah! voilà, c'est ta madame! Tu l'aimes mieux que moi!

SCÈNE V

LES MÊMES, MADAME, *entr'ouvrant sa porte, reste sur le seuil, à demi cachée.*

ANNETTE.

Et quand cela serait?

JACQUES.

Tu aimes ta madame mieux que moi?

ANNETTE.

Ça n'est pas la même chose! Mais si tu veux savoir la vérité, eh bien, j'aime mieux te faire de la peine que de lui en faire! Toi, tu vas grogner, et faire le mauvais, mais elle pleurerait, et après ce qu'elle a été pour moi, vois-tu, je ne puis pas supporter l'idée de la faire pleurer!

MADAME, *au fond.*

Bon petit cœur!

JACQUES.

Et moi, je ne pleurerai pas. Non! bien sûr, que je ne pleurerai pas! Ce serait pitié de pleurer pour une méchante fille comme toi!

ANNETTE, *le câlinant*.

Voyons, mon Jacques, ne fais pas le malin !
Sois raisonnable, comprends-moi ! Madame ne
me défends pas de me marier tout de suite...

JACQUES.

Ah ! Eh bien, alors ?

ANNETTE.

Mais c'est moi qui ne veux pas. Tu comprends
bien que je ne veux pas l'abandonner, comme
une ingrate.

JACQUES.

Une ingrate ? Mais c'est elle qui est une
égoïste, si elle veut t'empêcher de te marier
dans ton printemps !

MADAME, *au fond, à part*.

Une égoïste, moi ! (*Elle reste consternée.*)

ANNETTE.

Il n'y a pas d'égoïsme à désirer de me garder
encore un peu ; elle a assez fait pour moi, elle
l'a mérité !

JACQUES.

Et toi, tu n'as rien fait pour elle, quand tu
l'as mignottée, dorlotée, câlinée ? Mettons que
vous êtes quittes !

ANNETTE.

Non, Jacques, je ne serai jamais quitte envers

elle, il faut que tu te mettes ça dans la tête.
Nous allons chercher quelque brave petite fille
bien gentille de seize à dix-sept ans; je la mettrai
bien au courant du service, et dans un an...

JACQUES.

Et pendant cet an-là, moi, j'aurai eu pour
compagne la mère Goufichon! (*L'imitant.*)
Soixante ans d'âge, et très-propre! Eh bien, non,
Annette, non!

ANNETTE, *le câlinant.*

Tu ne m'aimes donc pas, que tu ne veux plus
ce que je veux?

JACQUES.

Si tu m'aimais, c'est toi qui ferais ce qui me
fait plaisir! Allons, finissons toutes ces bêtises.
Veux-tu tout de suite?

ANNETTE, *avec fermeté.*

Non.

JACQUES, *se dirigeant vers la porte de gauche.*

Alors, rien du tout! Et je vais m'amuser! Je
sais bien ce que je ferai, et je ne m'ennuierai
pas!

ANNETTE, *sans se retourner.*

Tu en épouseras une autre?

JACQUES.

Est-ce que je pourrais, t'aimant comme je

t'aime? Non! J'ai du bien, ça fera du bel argent. Je vais me mettre à boire! (*Madame, au fond, réprime un mouvement, puis fait un pas en avant, toujours sans être vue.*)

ANNETTE, *poussant un cri de douleur.*

Ah!

JACQUES, *très-monté.*

Oui! J'irai au cabaret! On s'amuse, au cabaret! Je n'y entrais pas, rapport à toi, mais à présent je n'en démarrerai plus!

ANNETTE, *courant à lui.*

Jacques, mon Jacques! Oh! non! pas ça! J'en mourrais de chagrin!

MADAME, *s'avançant.*

Eh! tu ne vois pas qu'il plaisante, Annette? N'aie donc pas peur; il t'aime trop pour te faire cette peine-là! Et puis, il a mieux à faire...

JACQUES.

Je serais curieux de savoir comment vous m'en empêcheriez?

MADAME.

Il faut préparer votre maison... puisque vous vous mariez dans un mois!...

ANNETTE.

Oh! madame... et vous?...

MADAME.

Tu viendras ici me dresser ma nouvelle femme
de chambre... pendant ce temps-là tu feras
travailler chez toi la mère Gouftchon...

JACQUES, *saluant.*

Comme ça, je veux bien.

ANNETTE, *baisant les mains de sa maîtresse.*

Oh! madame!

Rideau.

ÉTOURDIE

ÉTOURDIE

Un salon, une petite table, une chaise auprès. Autre table en cheminée avec une carafe pleine d'eau et un verre. Mobilier *ad libitum*. Une porte, n'importe où.

LOLLY *entre, portant un livre, une corbeille à ouvrage avec des laines, un petit bouquet, une lettre, un buvard, et autant d'autres objets que ses mains peuvent en contenir. Elle dépose le tout sur la petite table et range.*

La! Maman fait des visites dans les environs, ma tante a la migraine, mon frère est dans les bois, Dieu sait où! Papa est à Paris, ma sœur prend sa leçon de dessin... de dessin, heureusement, car si c'était sa leçon de piano!... Enfin, c'est du dessin. Elle et son vieux maître sont en train de faire de la barbe avec de l'estompe à un pauvre bonhomme très-laid..., ils disent que c'est Épaminondas... Et l'on ap-

pelle ça travailler d'après le plâtre!... Moi, je
ne fais que du paysage, ça m'est égal! (*Elle
range ses petites affaires et met le bouquet dans le
verre, sans eau, puis l'apporte sur la petite table.*)
Mes fleurs dans l'eau... voilà! C'est gentil, un
bouquet, cela tient compagnie! Et puis, cela
fait penser à toutes sortes de choses très-inté-
ressantes... Du jasmin... je cueille tous les jours
un brin de jasmin au treillis, là..., sur le
pignon... C'est une idée à moi. J'aime le jasmin :
ça sent bon, c'est joli... et puis l'été dernier...
(*Elle regarde autour d'elle pour s'assurer qu'elle est
seule.*) L'été dernier, quelqu'un m'en donnait un
brin tous les matins. C'était ici... cela a duré
trois semaines... c'était si gentil... Lucien...
(*Même jeu.*) Je l'appelle Lucien pour moi toute
seule; aux autres, je dis M. Despars! Un
beau garçon, un ingénieur!... C'est tellement à la mode, les ingénieurs! Il est dans
la grande meunerie... on dit que c'est très
comme il faut, la grande meunerie... je ne sais
pas ce que c'est, je me figurais que c'était de la
farine! Et puis quand j'ai dit ça, tout le monde
s'est mis à rire, Lucien aussi, — et je n'ai pas
osé lui demander... Maman m'avait fait des gros
yeux... Elle est pour Lucien, maman, mais elle

ne veut pas en avoir l'air..., parce qu'elle a des
principes sur l'éducation... La grande meunerie! Mon frère dit que c'est très-chic! (*Se reprenant.*) Oh! (*Regardant autour d'elle.*) Il n'y a
personne, cela ne fait rien, mais maman ne veut
pas que je dise « chic »; elle dit que pour une
jeune fille bien élevée ce n'est pas... ce n'est
pas... enfin ce n'est pas chic d'employer ce
mot-là... alors je ne le dis jamais devant elle.
(*Elle s'assied et fouille dans sa corbeille.*) Allons!
j'ai oublié la moitié de mes laines dans la chambre de ma tante, et elle a la migraine! Impossible d'aller les chercher... par conséquent,
impossible de travailler à mon ouvrage. Je vais
lire : un beau roman, en deux volumes... Tiens,
c'est le tome deux! J'avais pourtant bien cru
prendre le tome premier!... Si je commençais
par la fin? Quelquefois, c'est plus drôle!...
Mais non, pas celui-là; ma cousine Lucie dit
que c'est si joli! Ce serait dommage. (*Elle
cherche autour d'elle.*) J'avais une lettre de Lucie;
où donc l'ai-je mise? Je n'ai pas encore eu le
temps de la lire... (*Elle bouleverse tout sur la
table.*) Et voilà mon bouquet qui trempe dans
un verre... sans eau! (*Elle prend la carafe et
verse de l'eau dans le verre.*) On dit que je suis

14

étourdie, mais ce n'est pas vrai ! Je ne m'en
suis jamais aperçue ! Si c'était vrai, M. Despars... Lucien... me l'aurait dit ! Il me dit
toutes mes vérités. Ainsi, il m'a dit que j'avais
des yeux... pas très-grands, mais très-jolis...
Ce n'est pas comme ma bouche, qui est très-
grande... mais il ne la trouve pas vilaine non
plus... Et puis, il m'a dit que je suis bonne...
et intelligente... Si j'étais étourdie, il me l'aurait
dit aussi, bien sûr ! Il y a une chose qu'il ne
m'a pas dite, et qui est vraie, pourtant... oh !
cela, j'en suis certaine !... Il ne m'a pas dit qu'il
m'aime, et ça... c'est positif. Un ingénieur ne
s'amuserait pas à cueillir tous les matins un
brin de jasmin pendant trois semaines, pour le
donner à une demoiselle, s'il ne l'aimait pas !
Et puis les ingénieurs, c'est très-honnête... ça
ne voudrait pas tromper une petite fille...
Pauvre petit brin de jasmin, va, tu ne sais pas
tout ce que tu signifies ! (*Un silence.*) Ma cousine
Lucie est bien heureuse ! (*Avec un soupir.*) Elle
est mariée..., avec un ingénieur aussi... c'est
même son mari qui a présenté M. Despars à
papa et à maman... Il paraît que son mari
l'adore, Lucie... Je voudrais bien savoir s'il lui
offrait aussi des brins de jasmin avant de la

demander en mariage?... Car il n'y a pas à dire !
Pour se marier, il faut qu'on vous demande en
mariage ! Moi, ça ne me semble pas indispen-
sable du tout ! Est-ce qu'il ne suffirait pas, par
exemple, que Lucien prît mon bras sous le sien
pour aller dire à papa et à maman : Je l'aime, et
nous voulons nous marier ! Ce serait si simple !
Et papa ne demanderait pas mieux, j'en suis
sûre... D'abord, ça se voit, ces choses-là ! S'il
n'était pas bien disposé, il n'aurait pas été si
aimable l'été dernier ! Il l'emmenait toujours
dans le billard, pour faire une partie, et même...
ça ne m'amusait pas du tout ! Mais ces démar-
ches de cérémonie... Quand on a demandé ma
cousine Lucie... je n'oublierai jamais ça ! Il est
venu une dame, avec un panache sur son chapeau, oui, un panache..., comme aux corbil-
lards ! Quand je l'ai vue arriver, j'ai dit à Lucie :
On dirait la marraine de ce baptême de cloches,
tu sais?... Lucie est devenue très-rouge, et elle
m'a dit : Veux-tu te taire ! C'est une personne
très-respectable ! Elle a servi de mère à
M. Lébert... Et trois mois après Lucie était
madame Lébert ! (*Un temps.*) Voyons cette lettre,
je ne l'ai pourtant pas perdue ! (*Elle fouille dans
sa poche.*) Ah ! la voici. (*Elle l'ouvre et lit.*) « Ma

« mignonne... » (*Elle parcourt en bredouillant les premières lignes.*) « Et puis j'ai une grande nouvelle
« à t'apprendre. Assieds-toi et lis avec atten-
« tion. » (*Elle s'assied.*) « Quelqu'un que tu con-
« nais bien est venu tantôt m'annoncer qu'il
« était résolu à se marier. C'est un homme re-
« marquable, et la situation qu'il vient de con-
« quérir lui permet d'élever les yeux vers des
« hauteurs qu'il n'aurait pas osé envisager
« autrefois. » (*Parlé.*) Elle est lyrique, ma cousine ! (*Lisant.*) « En un mot, M. Despars... »
(*Parlé.*) Lucien ? (*Lisant.*) « M. Despars veut se
« marier, et son choix est fait... » (*Laissant
tomber la lettre, parlé.*) Ah ! mon Dieu ! et moi
qui... moi qui... moi qui croyais que les ingénieurs étaient si honnêtes ! Son choix est fait !
Vraiment ! Il n'y a pas longtemps, alors... Oh !
c'est affreux ! (*Elle pleure.*) Il épouse quelque
sotte, riche... et voilà pourquoi Lucie parle des
hauteurs que ce monsieur envisage !... Il envisage des hauteurs, à présent ! c'est du beau ! Je
parie qu'elle est sotte comme un panier, la hauteur qu'il envisage ! Pour inspirer des phrases
pareilles, il faut être... ridiculement bête ! C'est
une phrase d'ingénieur, ça ! Jamais ma cousine
n'aurait trouvé ça toute seule ! (*Elle ramasse la*

lettre et lit.) « Son choix est fait… » (*Elle tam-
ponne ses yeux avec son mouchoir et lit.*) « C'est
« une jeune fille charmante. » (*Avec dépit, parlé.*)
Elles sont toujours charmantes quand on les
épouse !… (*Lisant.*) « Jolie, riche. » (*Parlé.*) La
belle affaire ! Nous aussi, nous sommes riches !
Je trouve que ma cousine manque de tact ; elle
aurait bien pu se dispenser de m'écrire toutes
ces choses désagréables ! (*Lisant.*) « Aimable…,
« pleine de cœur… dont le seul défaut est une
« remarquable étourderie… » (*Parlé.*) Voilà un
homme qui aura de la chance ! Marié à une
étourdie… Il sera malheureux comme les pier-
res ! C'est bien fait ! Ça lui apprendra ! (*Lisant.*)
« Avant de faire sa demande officielle… »(*Parlé.*)
Bon ! une demande officielle, à présent ! Avec
un chapeau à panaches… (*Lisant.*) « …sa de-
« mande officielle, il a voulu savoir si le petit
« cœur de ma Lolly l'approuverait… » (*Parlé.*)
Moi? (*Lisant.*) « Il a l'idée que s'il se présente,
« il ne sera pas refusé… » (*Parlé.*) Moi? C'est
moi? Voyons, je ne comprends pas ! (*Elle relit
précipitamment.*) « Il ne sera pas refusé. Donc,
« écris-moi simplement : Je veux bien, et
« M. Despars fera sa demande à tes parents. »
(*Parlé, avec explosion.*) Si je veux? Je crois bien,

que je veux! Cette bonne Lucie, et moi qui
l'accusais, tout à l'heure!... « Envisager des
« hauteurs... » C'est moi, la hauteur! (*Parcou-*
rant la lettre des yeux.) Elle a un joli style, Lucie,
elle écrit même très-bien! (*Relisant.*) « Écris-
« moi simplement : Je veux bien... » (*Parlé.*)
Attends, attends, ce ne sera pas long! (*Elle*
ouvre son buvard en bousculant tout, puis s'arrête.)
Une remarquable étourderie... il s'en est donc
aperçu?... Oh! non! Ça doit être une malice de
Lucie; elle a parfois l'esprit un peu caustique...
(*Elle continue à fourrager sur la table : tout tombe,*
excepté le verre d'eau.) Patatras! Voilà ce qui
arrive quand on se dépêche! Tant pis! j'écrirai
dans la salle d'étude... (*Elle ramasse tout dans la*
corbeille et se dirige vers le fond.) Étourdie... (*Elle*
s'arrête.) Peut-être un peu, un tout petit peu...
bah! Lucien me corrigera! (*Elle sort.*)

TABLE DES MATIÈRES

PARIS. TYP. A. PLON, NOURRIT ET Cᵉ, RUE GARANCIÈRE, 8.